# 必讀宋詞一〇〇大

## 一本就通

王兆鵬
郁玉英
郭紅欣

# 前言

## 一

本書是《一本就通：必讀唐詩100大》的姊妹篇，也是嘗試用定量分析的方法，衡定宋詞中的經典名篇，比較各名篇影響力的大小和知名度的高低。

唐詩宋詞排行榜，是我做文學經典和傳播研究的副產品，是學術研究成果的轉化與延伸。研究文學經典，首先要追問哪些是經典？經典是怎樣確立的？是什麼時候被確認的？從文體上說，唐詩宋詞，已是公認的經典文體，但從具體篇目上看，流傳至今的五萬多首唐詩、兩萬多首宋詞並非篇篇都是經典。究竟哪些是經典、哪些是名篇，自然是見仁見智。我們每個人都有自己喜歡的經典，但每個人心儀的經典肯定不同。我們怎樣尋找公眾的共識？如果用傳統的定性分析方法，我們很難得出一個相對確定的答案。同樣一篇作品，我說它是經典，可以找出多種理由，引證多家權威的說法。你說它不是經典，也可以找到多種理由，並找出諸多證據。比如蘇軾〈念奴嬌．赤壁懷古〉，是人們熟知的經典名篇，但古人也有不買帳的。清人沈時棟就認為〈念奴嬌．赤壁懷古〉雖然歷來膾炙人口，可詞中「小喬初嫁了，雄姿英發」二句是敗筆，周瑜的「雄姿英發」本是天然生就的，哪會等到「小喬初嫁」之後才「雄姿英發」呢？在沈時棟看來，這種有明顯瑕疵的作品，不配稱經典！所以他選《古今詞選》時，就把蘇軾這首作品排除在外。無獨有偶。晚清「四大詞人」之一的朱祖謀，所選《宋詞三百首》是二十世紀流傳最廣的選本之一，其影響力足以跟《唐詩三百首》並駕肩隨。朱老夫子在《宋詞三百首》的初版中入選了〈念奴嬌．赤壁懷古〉，可後來修訂再版時，又把它刪去了，也許是覺得這首詞不入他的法眼吧。要是認為〈念奴嬌．赤壁懷古〉不是經典，完全可以舉這兩個例子來證明。

欣賞和評價文學作品，是主觀的。我們能不能找到一種相對客觀的方法來衡量測度哪些作品是受人欣賞和肯定的，哪些作品不那麼被人欣賞和關注呢？於是，我們嘗試用統計分析的方法，用資料來衡量排比哪些唐詩宋詞比較受人關注、影響力指數比較高。我們做唐詩宋詞的排行榜，選擇千百年來長時段的各種歷史資料，用客觀的資料來決定結果。不管你個人的主觀好惡如何，你是否服氣和認同，公眾票決的結果是應該接受的，可以視為一種共識。

我們用統計分析的方法來作文學研究，已有十七年的歷史了。一九九四年，我就和劉尊明教授聯名發表過〈歷史的選擇：宋代詞人歷史地位的定量分析〉的學術論文，用六個方面的資料統計分析得出宋代詞人的綜合影響力排行榜，排比出宋代詞人三百家，遴選出影響力最大的十大詞人：辛棄疾、蘇軾、周邦彥、姜夔、秦觀、柳永、歐陽修、吳文英、李清照、晏幾道和賀鑄。論文發表以後，頗受學界關注。學界同仁的肯定和支援，也堅定了我們進一步探索的信心。此後，我們先後主持承擔了湖北省社會科學研究重點項目《中國詩歌史的計量分析》、教育部「二一一工程」專案《唐詩經典與經典化研究》、國家社會科學基金後期資助項目《唐宋詞的定量分析》等。二〇〇八年以來，我和我的學生又合作發表了〈尋找經典：唐詩百首名篇的定量分析〉、〈宋詞經典名篇的定量考察〉、〈影響的追尋：宋詞名篇的定量分析〉、〈定量分析在唐宋詞史研究中的運用〉等學術論文。劉尊明和我合著的《唐宋詞的定量分析》一書，也即將正式出版。

對我們作經典研究來說，統計分析做出的排行榜，只是一個過程、一種手段，而不是目的。統計分析得出的排行榜，只告訴我們哪些作品在歷史上影響力比較大。我們要做的，是進一步分析為什麼這些作品影響力比較大？它們的影響力是什麼時候產生的？它們的影響力在歷史上有著怎樣的變化？為什麼會發生這樣的變化？這些問題，我們在《一本就通：必讀唐詩100大》和本書中，有的作了簡要的分析，有的則沒有展開。畢竟這是大眾普及型的讀物，學術性的思考不可能在這樣的書中得到充分的體現。

在我們的研究過程中，排行榜給出的名次，其實並不很重要。我們看重的是名次背後特別是後台資料所蘊含的作品在歷代流傳接受的變化過程。我們最感興趣也最有收穫的，是統計資料給我們提供了許多鮮為人知的有關作品流傳過程和影響力變化的有效資訊。《一本就通：必讀唐詩100大》和本書列出的綜合名次，只是多種結果中的一種，因為是普及性的書，我們不可能把多種結果都展示出來。而且，我們實際做的唐詩宋詞排行榜有三百首，考慮到出書成本等因素，目前只拿出一百首的榜單。

人們通常以為，今天大眾熟悉的作品，古代也一定流傳很廣；當下人們喜愛的作品，歷史上也一樣被人推崇。其實不然。今天有影響力的作品，在歷史上不一定有影響力；歷史上曾經被多數人看好的作品，今人未必關注。今天有影響力的作品，在歷史上不一定有影響力；歷史上曾經被多數人看好的作品，今人未必關注。大眾不熟悉的作品，並不等於專家不認同。專家喜愛的作品，也不代表大眾都能接受。文學作品的影響力、文學經典的影響指數，通常是變動不居的。傳統的定性分析方法，不太容易發現文學作品影響力的變化。而定量分析方法，根據大量的歷史資料統計分析，就可以發現一部作品影響力的變化曲線。我們作唐詩宋詞的影響力統計分析，目的就在於尋找唐詩宋詞的影響力有著怎樣的變化、為什麼會有這種變化、變化的因素是什麼。

我們做的唐詩宋詞排行榜，反映的是唐詩宋詞在唐宋以來一千多年歷史上的綜合影響力，而不僅僅是某一個時代、某一個時段的影響力，更不僅僅是在當下的影響力。雖然當下的資料占了相當的比重，但它反映的畢竟是「歷史」的選擇，而不是當下幾十年的審美選擇。所以，當下讀者非常熟悉的作品，在排行榜中不一定靠前，因為這些作品在歷史上未必像今天這樣人們耳熟能詳。

作經典研究，自然要關注經典的傳播。文學經典，不能只是供學者研究的骨董，不能只是象牙塔裡的展示品，應該讓它廣泛傳播成為大眾的精神食糧，讓經典與時尚結合。學者的本職是做好學問，拿出高精深的研究成果，但也有責任將學術研究成果向社會大眾普及推行，正如科學家有責任將自己的發明創造轉化為物質產品一樣。作為文學傳播的研究者，我理所當然要考慮古代文學經典在當下傳播的策略和方法。用什麼樣的言說方式、借用什麼樣的媒介、用什麼有效的方法來普及唐詩宋詞經典，才能讓當下的讀者大眾能夠欣然接受，讓全社會來關注經典、閱讀經典，是我長期思考的問題。排行榜，是我們傳播經典的一種策略，一種試驗性的方法。不管怎麼說，在當下這種人們被物質欲望綁架的時代，能讀一點經典、關注一下經典，獲取一點精神滋養和慰藉，總是好事。我不是「惡搞」經典，連「戲說」都不是。我是嚴肅認真地用科學的方法並採取當下大眾可能接受的方式來傳播經典、推廣經典。

## 二

本書資料採樣的依據，我們在《一本就通：必讀唐詩100大》的前言中已作交代，有興趣的讀者可以參看。

宋詞排行榜的資料來源，主要有下列五個方面：

一是選取宋元明清以來有代表性的詞選一百零七種，其中宋代選本四種、明代二十二種、清代二十一種、二十世紀以來的各種詞選和作為高校教材的文學作品選六十種，用以統計每首詞作在不同時代的入選次數，計算各首詞作的入選率。

二是網路的權威搜尋引擎谷歌和百度所連結的關於宋詞的網頁數目。檢索的方法是，在一個特定的時間內，以詞人姓名、詞調名和首句作為關鍵字來檢索連結的網頁數。

三是根據吳熊和先生主編的《唐宋詞彙評・兩宋卷》（浙江教育出版社二〇〇四年版）來統計歷代有關宋詞的評點資料。每條評點資料，按一次統計。

四是二十世紀有關宋代詞作賞析和研究的單篇論文。論文的篇目來源於我們自行研製的《二十世紀詞學研究論著目錄資料庫》，資料庫以台灣黃文吉《詞學研究書目》和林玫儀《詞學論著總目》為基礎，加以補充編成。

五是依據《全宋詞》、《全金元詞》、《全明詞》、《全明詞補編》和《全清詞・順康卷》來統計歷代詞人追和宋人詞作的篇數。

選本、網路頁、評點、研究論文和唱和五個指標的權重，分別設定為百分之五十、百分之十、百分之二十、百分之十五和百分之五。詞選在五類資料中所占的權重最大，而不同時代的詞選，影響力又不一樣。為了較客觀反映不同時代詞選影響力的差異，又給不同時代的詞選確定了不同的「二級」權重，宋代詞選、元明詞選、清代詞選和現當代詞選分別設定為百分之二十九、百分之二十六、百分之二十五和百分之二十。

上述各指標的權重，可用下表表示：

表一 宋詞名篇影響力評價體系表

| 測評指標（R） | 權重（f）% | 子項 | 時代權重% |
|---|---|---|---|
| 詞選 $x$ | 50 | 宋代入選數 $x_1$ | 29 |
| | | 元明入選數 $x_2$ | 26 |
| | | 清代入選數 $x_3$ | 25 |
| | | 現當代入選數 $x_4$ | 20 |
| 點評 $p$ | 20 | 被點評數 | ／ |
| 二十世紀研究 $y$ | 15 | 二十世紀被研究次數 | ／ |
| 唱和 $h$ | 5 | 被唱和數 | ／ |
| 網路連結 $l$ | 10 | 谷歌連結相應網頁數 $l_1$ | 50 |
| | | 百度連結相應網頁數 $l_2$ | 50 |

宋詞排行榜的計算方法，跟唐詩排行榜略有不同。唐詩排行榜用的是極值法，宋詞排行榜用的是百分比法。之所以用不同的計算方法，目的是便於比較，看哪一種方法更科學、更合理。

宋詞傳世的作品數量巨大，但能成為名篇的僅僅只是少部分被廣泛傳播接受的作品。因此，我們首先將一百零七種詞選入選的全部詞作篇目錄入資料庫並進行統計，然後對每首詞作的總入選次數進行計數排名，將排名前五百首的詞作為抽樣資料。

在五百首範圍內，先對每首詞的不同時代的入選率、唱和率、點評率、研究率、連結率進行考察，再將它們分別乘以一定的權重，然後相加，得出每首詞的綜合排名指數。最後選取排名居前的一百首詞，作為宋詞名篇排名的有效資料。

五項指標的計算方法分別是：

各代選本入選指標N：將單篇入選次數除以前五百首某個時代的總入選數（某單篇的概率），再乘以各自的時代權重，用數學公式表示為：

$$N_j = \frac{x_{1j}}{\sum_{i=1}^{500} x_{1i}} \cdot 29\% + \frac{x_{2j}}{\sum_{i=1}^{500} x_{2i}} \cdot 26\% + \frac{x_{3j}}{\sum_{i=1}^{500} x_{3i}} \cdot 25\% + \frac{x_{4j}}{\sum_{i=1}^{500} x_{4i}} \cdot 20\%$$

其中：

$N_j$為第j單篇的各代選本入選指標；

$x_{1j}$、$x_{2j}$、$x_{3j}$、$x_{4j}$分別為第j單篇入選宋代、元明、清代、二十世紀詞選的篇數；

$\sum_{i=1}^{500} x_{1i}$、$\sum_{i=1}^{500} x_{2i}$、$\sum_{i=1}^{500} x_{3i}$、$\sum_{i=1}^{500} x_{4i}$分別為所有前五百首的宋代、元明、清代、二十世紀詞選總入選數。

唱和指標H：某詞被唱和的次數除以前五百名被唱和的總數，數學公式為：

$$H_j = \frac{h_i}{\sum_{i=1}^{500} h_i}$$

點評指標P：某詞被點評數除以前五百名點評總數，數學公式為：

$$P_j = \frac{p_i}{\sum_{i=1}^{500} p_i}$$

二十世紀研究指標Y：單篇詞作被研究次數除以前五百名總研究次數，數學公式為：

$$Y_j = \frac{y_i}{\sum_{i=1}^{500} y_i}$$

網路連結指標L：某詞被百度、谷歌所連結的文章數分別除以前五百名被百度、谷歌所連結的總數，兩項之和再乘以百分之五十，數學公式為：

$$L_j = \frac{l_{1i}}{\sum_{i=1}^{500} l_{1i}} \cdot 50\% + \frac{l_{1i}}{\sum_{i=1}^{500} l_{1i}} \cdot 50\%$$

綜合排名指數的計算方法是：

$R_j$＝（$X_j \cdot 50\% + P_j \cdot 20\% + Y_j \cdot 15\% + L_j \cdot 10\% + H_j \cdot 5\%$）$\cdot 1000$

其中，R表示一首詞經典性的綜合指數，各子項中所除以的總數Σ分別為前五百名的總量。因為分子和分母的數值相差過大，故每項指標的計算結果均乘以1000以方便察看。

三

最終的統計結果，見表二。由於唐詩排行榜和宋詞排行榜的計算方法不同，故綜合排行指標的數值大小也不同。

**表二　宋詞百首名篇綜合指標排序表**

| 總排名 | 詞人 | 詞調 | 首句 | 選本 | 評點 | 唱和 | 論文 | 網路 | 總指標 |
|---|---|---|---|---|---|---|---|---|---|
| 1 | 蘇軾 | 念奴嬌 | 大江東去 | 87 | 24 | 133 | 186 | 114300 | 28.33 |
| 2 | 岳飛 | 滿江紅 | 怒髮衝冠 | 35 | 14 | 23 | 125 | 323700 | 18.27 |
| 3 | 李清照 | 聲聲慢 | 尋尋覓覓 | 64 | 41 | 23 | 52 | 118300 | 11.63 |
| 4 | 蘇軾 | 水調歌頭 | 明月幾時有 | 86 | 22 | 25 | 40 | 238400 | 11.41 |
| 5 | 柳永 | 雨霖鈴 | 寒蟬淒切 | 86 | 16 | 7 | 51 | 183100 | 10.82 |
| 6 | 辛棄疾 | 永遇樂 | 千古江山 | 58 | 23 | 9 | 67 | 105600 | 10.47 |
| 7 | 姜夔 | 揚州慢 | 淮左名都 | 67 | 15 | 4 | 54 | 33800 | 9.11 |

| | | | | | | | | | |
|---|---|---|---|---|---|---|---|---|---|
| 8 | 陸游 | 釵頭鳳 | 紅酥手 | 46 | 15 | 2 | 40 | 179800 | 8.41 |
| 9 | 辛棄疾 | 摸魚兒 | 更能消 | 80 | 22 | 11 | 21 | 96700 | 7.65 |
| 10 | 姜夔 | 暗香 | 舊時月色 | 50 | 42 | 11 | 17 | 30400 | 7.60 |
| 11 | 蘇軾 | 水龍吟 | 似花還似非花 | 64 | 23 | 28 | 23 | 28930 | 7.17 |
| 12 | 姜夔 | 疏影 | 苔枝綴玉 | 46 | 29 | 13 | 17 | 31380 | 6.73 |
| 13 | 辛棄疾 | 水龍吟 | 楚天千里清秋 | 56 | 11 | 4 | 40 | 38400 | 6.68 |
| 14 | 李清照 | 如夢令 | 昨夜雨疏 | 58 | 21 | 4 | 26 | 61500 | 6.64 |
| 15 | 史達祖 | 雙雙燕 | 過春社了 | 81 | 34 | 7 | 4 | 60100 | 6.62 |
| 16 | 李清照 | 醉花陰 | 薄霧濃雲 | 72 | 21 | 14 | 20 | 22506 | 6.43 |
| 17 | 賀鑄 | 青玉案 | 凌波不過 | 76 | 18 | 33 | 7 | 28730 | 6.27 |
| 18 | 辛棄疾 | 菩薩蠻 | 鬱孤台下 | 54 | 17 | 1 | 33 | 26770 | 6.17 |
| 19 | 周邦彥 | 蘭陵王 | 柳陰直 | 63 | 22 | 14 | 17 | 21590 | 6.12 |
| 20 | 秦觀 | 踏莎行 | 霧失樓台 | 69 | 20 | 5 | 21 | 34900 | 5.87 |
| 21 | 范仲淹 | 漁家傲 | 塞下秋來 | 72 | 10 | 2 | 28 | 43900 | 5.81 |
| 22 | 張先 | 天仙子 | 水調數聲 | 65 | 19 | 4 | 9 | 105800 | 5.33 |
| 23 | 辛棄疾 | 祝英台近 | 寶釵分 | 63 | 22 | 10 | 2 | 52670 | 5.17 |

| 總排名 | 詞人 | 詞調 | 首句 | 選本 | 評點 | 唱和 | 論文 | 網路 | 總指標 |
|---|---|---|---|---|---|---|---|---|---|
| 24 | 蘇　軾 | 卜算子 | 缺月掛疏桐 | 57 | 15 | 15 | 9 | 72100 | 5.13 |
| 25 | 史達祖 | 綺羅香 | 做冷欺花 | 59 | 28 | 5 | 0 | 59550 | 5.11 |
| 26 | 秦　觀 | 鵲橋仙 | 纖雲弄巧 | 68 | 5 | 4 | 11 | 166800 | 5.10 |
| 27 | 歐陽修 | 蝶戀花 | 庭院深深 | 58 | 24 | 3 | 5 | 64850 | 5.05 |
| 28 | 周邦彥 | 六醜 | 正單衣試酒 | 64 | 29 | 6 | 7 | 9500 | 5.04 |
| 29 | 秦　觀 | 滿庭芳 | 山抹微雲 | 66 | 23 | 1 | 8 | 89354 | 5.03 |
| 30 | 李清照 | 一剪梅 | 紅藕香殘 | 51 | 18 | 7 | 5 | 97200 | 5.02 |
| 31 | 李清照 | 鳳凰台上憶吹簫 | 香冷金猊 | 55 | 20 | 18 | 4 | 26400 | 4.97 |
| 32 | 范仲淹 | 蘇幕遮 | 碧雲天 | 64 | 11 | 7 | 10 | 55500 | 4.97 |
| 33 | 王安石 | 桂枝香 | 登臨送目 | 78 | 7 | 11 | 11 | 40800 | 4.85 |
| 34 | 周邦彥 | 瑞龍吟 | 章台路 | 46 | 22 | 10 | 4 | 14610 | 4.69 |
| 35 | 周邦彥 | 滿庭芳 | 風老鶯雛 | 55 | 24 | 5 | 6 | 10050 | 4.62 |
| 36 | 歐陽修 | 踏莎行 | 候館梅殘 | 67 | 16 | 0 | 10 | 33100 | 4.56 |
| 37 | 柳　永 | 八聲甘州 | 對瀟瀟暮雨 | 57 | 13 | 4 | 15 | 28200 | 4.55 |
| 38 | 蘇　軾 | 江城子 | 十年生死 | 40 | 2 | 1 | 16 | 159110 | 4.41 |

| | | | | | | | | | |
|---|---|---|---|---|---|---|---|---|---|
| 39 | 辛棄疾 | 青玉案 | 東風夜放 | 38 | 10 | 1 | 16 | 81800 | 4.38 |
| 40 | 姜 夔 | 齊天樂 | 庾郎先自 | 35 | 27 | 1 | 3 | 25560 | 4.37 |
| 41 | 辛棄疾 | 破陣子 | 醉裡挑燈 | 42 | 5 | 0 | 28 | 42400 | 4.37 |
| 42 | 秦 觀 | 千秋歲 | 水邊沙外 | 36 | 16 | 22 | 4 | 91355 | 4.28 |
| 43 | 晏 殊 | 浣溪沙 | 一曲新詞 | 71 | 9 | 0 | 14 | 46500 | 4.13 |
| 44 | 陸 游 | 卜算子 | 驛外斷橋邊 | 46 | 5 | 1 | 16 | 97600 | 4.12 |
| 45 | 李清照 | 如夢令 | 常記溪亭 | 18 | 0 | 1 | 23 | 50800 | 4.01 |
| 46 | 李清照 | 念奴嬌 | 蕭條庭院 | 42 | 22 | 3 | 4 | 24640 | 3.98 |
| 47 | 張孝祥 | 念奴嬌 | 洞庭青草 | 46 | 11 | 1 | 12 | 27260 | 3.92 |
| 48 | 陳與義 | 臨江仙 | 憶昔午橋 | 54 | 17 | 1 | 3 | 13010 | 3.89 |
| 49 | 柳 永 | 望海潮 | 東南形勝 | 62 | 5 | 4 | 14 | 31600 | 3.88 |
| 50 | 辛棄疾 | 賀新郎 | 綠樹聽鵜 | 34 | 20 | 0 | 17 | 8340 | 3.88 |
| 51 | 周邦彥 | 花犯 | 粉牆低 | 43 | 17 | 8 | 1 | 10850 | 3.86 |
| 52 | 李清照 | 武陵春 | 風住塵香 | 54 | 15 | 6 | 8 | 47000 | 3.86 |
| 53 | 辛棄疾 | 西江月 | 明月別枝 | 34 | 2 | 1 | 26 | 45400 | 3.81 |
| 54 | 晏幾道 | 鷓鴣天 | 彩袖殷勤 | 63 | 10 | 2 | 10 | 22590 | 3.78 |

| 總排名 | 詞人 | 詞調 | 首句 | 選本 | 評點 | 唱和 | 論文 | 網路 | 總指標 |
|---|---|---|---|---|---|---|---|---|---|
| 55 | 蘇軾 | 賀新郎 | 乳燕飛華屋 | 47 | 13 | 8 | 8 | 25630 | 3.78 |
| 56 | 蘇軾 | 洞仙歌 | 冰肌玉骨 | 44 | 12 | 9 | 2 | 55200 | 3.73 |
| 57 | 蘇軾 | 蝶戀花 | 花褪殘紅 | 44 | 9 | 5 | 8 | 71200 | 3.71 |
| 58 | 李清照 | 永遇樂 | 落日鎔金 | 41 | 8 | 3 | 18 | 22519 | 3.68 |
| 59 | 辛棄疾 | 念奴嬌 | 野塘花落 | 42 | 15 | 6 | 4 | 14670 | 3.61 |
| 60 | 蘇軾 | 定風波 | 莫聽穿林 | 25 | 2 | 0 | 16 | 131600 | 3.57 |
| 61 | 歐陽修 | 生查子 | 去年元夜時 | 31 | 5 | 0 | 12 | 114200 | 3.56 |
| 62 | 張先 | 青門引 | 乍暖還輕冷 | 48 | 9 | 1 | 1 | 133750 | 3.52 |
| 63 | 周邦彥 | 少年遊 | 并刀如水 | 41 | 24 | 3 | 1 | 15830 | 3.45 |
| 64 | 張元幹 | 賀新郎 | 夢繞神州路 | 48 | 17 | 0 | 4 | 20520 | 3.43 |
| 65 | 劉過 | 唐多令 | 蘆葉滿汀洲 | 44 | 13 | 8 | 0 | 7510 | 3.39 |
| 66 | 晏幾道 | 臨江仙 | 夢後樓台 | 47 | 11 | 0 | 9 | 34700 | 3.39 |
| 67 | 宋祁 | 玉樓春 | 東城漸覺 | 47 | 9 | 3 | 10 | 12220 | 3.22 |
| 68 | 姜夔 | 念奴嬌 | 鬧紅一舸 | 33 | 9 | 0 | 4 | 22820 | 3.07 |
| 69 | 周邦彥 | 西河 | 佳麗地 | 50 | 14 | 7 | 1 | 8330 | 3.07 |

| | | | | | | | | | |
|---|---|---|---|---|---|---|---|---|---|
| 70 | 姜夔 | 長亭怨慢 | 漸吹盡 | 32 | 13 | 9 | 2 | 16620 | 3.03 |
| 71 | 辛棄疾 | 清平樂 | 茅簷低小 | 30 | 0 | 0 | 19 | 29800 | 3.03 |
| 72 | 周邦彥 | 風流子 | 新綠小池塘 | 29 | 16 | 4 | 3 | 8690 | 2.99 |
| 73 | 周邦彥 | 大酺 | 對宿煙收 | 33 | 17 | 5 | 2 | 4700 | 2.98 |
| 74 | 章楶 | 水龍吟 | 燕忙鶯懶 | 28 | 10 | 26 | 0 | 847 | 2.93 |
| 75 | 周邦彥 | 齊天樂 | 綠蕪凋盡 | 17 | 15 | 5 | 1 | 6540 | 2.93 |
| 76 | 周邦彥 | 瑣窗寒 | 暗柳啼鴉 | 40 | 14 | 5 | 1 | 10370 | 2.91 |
| 77 | 吳文英 | 風入松 | 聽風聽雨 | 39 | 11 | 0 | 6 | 15260 | 2.90 |
| 78 | 張炎 | 高陽台 | 接葉巢鶯 | 39 | 21 | 0 | 2 | 6830 | 2.86 |
| 79 | 陳亮 | 水調歌頭 | 不見南師久 | 31 | 5 | 0 | 10 | 129570 | 2.83 |
| 80 | 歐陽修 | 朝中措 | 平山闌檻 | 26 | 8 | 15 | 2 | 9870 | 2.78 |
| 81 | 辛棄疾 | 鷓鴣天 | 枕簟溪堂 | 31 | 11 | 16 | 0 | 19790 | 2.77 |
| 82 | 吳文英 | 唐多令 | 何處合成愁 | 26 | 12 | 0 | 2 | 5447 | 2.76 |
| 83 | 史達祖 | 東風第一枝 | 巧沁蘭心 | 21 | 10 | 8 | 0 | 17150 | 2.75 |
| 84 | 歐陽修 | 采桑子 | 群芳過後 | 32 | 7 | 1 | 6 | 14680 | 2.75 |
| 85 | 蔣捷 | 一剪梅 | 一片春愁 | 25 | 4 | 0 | 18 | 11220 | 2.73 |

| 總排名 | 詞人 | 詞調 | 首句 | 選本 | 評點 | 唱和 | 論文 | 網路 | 總指標 |
|---|---|---|---|---|---|---|---|---|---|
| 86 | 周邦彥 | 過秦樓 | 水浴清蟾 | 33 | 10 | 6 | 1 | 7430 | 2.70 |
| 87 | 晁冲之 | 漢宮春 | 瀟灑江梅 | 29 | 14 | 5 | 0 | 12500 | 2.69 |
| 88 | 周邦彥 | 蝶戀花 | 月皎驚烏 | 48 | 8 | 3 | 5 | 7220 | 2.69 |
| 89 | 秦觀 | 望海潮 | 梅英疏淡 | 52 | 8 | 3 | 4 | 30000 | 2.65 |
| 90 | 葉夢得 | 賀新郎 | 睡起啼鶯語 | 35 | 15 | 4 | 0 | 32530 | 2.64 |
| 91 | 李清照 | 漁家傲 | 天接雲濤 | 33 | 1 | 1 | 9 | 27890 | 2.62 |
| 92 | 周邦彥 | 解語花 | 風銷焰蠟 | 40 | 12 | 3 | 2 | 8010 | 2.59 |
| 93 | 姜夔 | 點絳唇 | 燕雁無心 | 36 | 8 | 0 | 4 | 14600 | 2.59 |
| 94 | 陳亮 | 水龍吟 | 鬧花深處 | 39 | 10 | 1 | 0 | 22860 | 2.57 |
| 95 | 晁補之 | 摸魚兒 | 買陂塘 | 45 | 8 | 1 | 0 | 1462 | 2.55 |
| 96 | 周邦彥 | 解連環 | 怨懷無託 | 38 | 11 | 5 | 1 | 11680 | 2.52 |
| 97 | 張炎 | 八聲甘州 | 記玉關 | 31 | 11 | 1 | 2 | 89590 | 2.50 |
| 98 | 張炎 | 解連環 | 楚江空晚 | 37 | 13 | 1 | 3 | 46160 | 2.49 |
| 99 | 蘇軾 | 江城子 | 老夫聊發 | 42 | 1 | 0 | 11 | 43200 | 2.49 |
| 100 | 張孝祥 | 六州歌頭 | 長淮望斷 | 48 | 9 | 1 | 2 | 11040 | 2.49 |

# 四

這份宋詞排行榜，除了告訴我們哪些是名作、哪些名作的關注度高之外，還能提供哪些有意思的話題，可以引發我們進一步的思考呢？

如果要推舉唐代兩位最傑出的詩人，那一定是李白和杜甫，大約明清以來就成為共識。但如果要推舉出宋詞中的兩位天王，意見可能不會一致。當下的讀者，也許會推舉蘇軾和辛棄疾，但在清代，詞人和詞評家可能會推舉周邦彥、姜夔或其他詞人。常州詞派的代表人物周濟，就推舉周邦彥、辛棄疾、王沂孫、吳文英為「領袖一代」的宋詞四大家（《宋四家詞選目錄序論》）。也就是說，明清以來，宋代詞人中哪二家可為一代之冠冕人物，還沒有形成共識。排行榜也反映出這種宋代詞人認同度的差異性和複雜性。

且看排行榜提供的一組資料。百首宋詞名篇為三十家詞人所擁有，擁有名篇最多的十家詞人依次是：

周邦彥：十五首；辛棄疾：十二首；蘇軾：十一首；李清照：十首；姜夔：七首；秦觀：五首；歐陽修：五首；柳永：三首；史達祖：三首；張炎：三首。

擁有名篇數量最多的是周邦彥。但在排名靠前的十大名篇中，周邦彥卻沒有一首入圍，他入圍百首排行榜的十五首詞，名次都比較靠後，排位最前的〈蘭陵王〉也只位居第十九。由他坐宋代詞人的第一把交椅，恐怕還不會得到廣泛的認同。

蘇、辛的名作數量，雖少於周邦彥，但位居前十的名篇中，他倆各占兩首，蘇軾的〈念奴嬌・赤壁懷古〉更奪得排行榜的第一名。所以，從綜合影響指數來看，蘇、辛的影響力並不低於周邦彥。由蘇、辛來「領袖一代」，也許更合適。但蘇、辛的名篇數量畢竟少於周邦彥，由他倆來冠冕一代，媲美李杜，周邦彥的「粉絲」們可能有些不服氣，王國維就說過「詞中老杜」非周邦彥不可的話。看來，宋詞中的蘇、辛，還沒有取得像唐詩中李、杜那樣至高無上的地位。

周邦彥的名篇數量最多，而不是蘇、辛的名篇最多，讓我們感到有些意外，也值得我們思考。在一般讀者的心目中，蘇、辛的名氣要遠遠超過周邦彥。二十世紀五〇年代以來，學界多推崇蘇、辛，周邦彥並沒有受到特別的追捧。周邦彥的名篇數量能超越蘇、辛而位居第一，反映了什麼？反映了周邦彥詞被認同的古今落差和變化。歷史上，周邦彥詞曾經是詞人心目中的典範，是經典中的經典。宋末張炎就特別推許周邦彥，說他「負一代詞名，所作之詞，渾厚和雅」（《詞源》卷下）。南宋人尹煥也說：「求詞於吾宋，前有清真，後有夢窗，此非予之言，四海之公言也。」（〈夢窗詞序〉）所謂「四海之公言」，也許言過其實，但不是一己之私言，應可肯定。到了清代，周濟推舉宋代四大詞家，就以周邦彥為首。所以，周邦彥的名篇占有量為宋人第一也在情理之中。它真實地反映了宋詞接受史上周邦彥曾經擁有過的輝煌。雖然在現代文學史家心目中，周邦彥已不能代表宋詞，但在過去，他卻是「負一代詞名」的。名篇排行榜還原了歷史的真實。

排行榜中的李清照，也格外值得我們注意。在現代詞學史上，李清照是「名家」還是「大家」有過爭議。她的名篇占有量列宋代詞人的第四位，緊隨周邦彥、辛棄疾和蘇軾之後，從影響力來看，說她是「大家」，並不為過。

李清照流傳下來的詞作總共不過四十多首，但宋詞百首名篇榜上，她的名篇卻有十首，差不是每四首中就有一首頂級名篇，精品率約為四：　。辛棄疾傳世之作有六百二十九首，蘇軾存詞三百七十八首，而他們的名篇分別為十二首和十一首，名篇的比率分別為五二：一和三四：一。李清照這種「精品現象」，也蠻值得我們回味思索。

說到精品率，岳飛、范仲淹又高過李清照。岳飛存詞三首，有一首是超級大名篇。范仲淹傳世的詞作總共五首，有兩首是名篇。這跟唐代王之渙、張若虛有些接近。王之渙存詩共六首，十大名篇中他就獨占兩首；張若虛存詩僅兩首，其中的〈春江花月夜〉也是名篇。

錢鍾書先生曾在《宋詩選注．序》中說：「在一切詩選裡，老是小家占便宜，那些總共不過保存了幾首的小家更占盡了便宜，因為他們只有這點點好東西，可以一古腦兒陳列在櫥窗裡，讀者看了會無限神往，不知道他們的樣品就是他們的全部家當。大作家就不然了。在一部總集性質的選本裡，我們希望對大詩人能夠選到『嘗一滴水知大海味』的程度，只擔心選擇不當，弄得彷彿要求讀者從一塊磚上看出萬里長城的形勢！」錢先生說的是事實。可問題是，唐宋詩詞史上，「小家」那麼多，為何只有這幾位小家「占盡了便宜」呢？他們的精品率為何就這麼高呢？

唐代常常被分「四個時期」，四個時期中，盛唐詩歌最盛。宋代則往往被分為南北兩宋。兩宋詞，何者為盛？清代大詞人朱彝尊說：「世人言詞，必稱北宋，然詞至南宋始極其工，至宋季而始極其變。」（《詞綜》）那麼，排行榜反映的兩宋實力情形又如何呢？

如果把三十位百首名篇的得主按南北兩宋來分，正好南北宋各一半。擁有名篇的北宋詞人是：柳永、范仲淹、張先、晏殊、歐陽修、宋祁、王安石、蘇軾、晏幾道、章楶、秦觀、賀鑄、周邦彥、晁補之、晁冲之；南宋詞人是：李清照、張元幹、葉夢得、陳與義、岳飛、陸游、張孝祥、辛棄疾、姜夔、陳亮、劉過、史達祖、吳文英、蔣捷、張炎。由此看來，南北兩宋詞壇的實力是均衡的。

宋詞，又常被分為婉約、豪放兩派。如果按派別來分，排行榜上豪放、婉約兩派的人氣也是旗鼓相當。王安石、蘇軾、賀鑄、晁補之、張元幹、葉夢得、陳與義、岳飛、陸游、張孝祥、辛棄疾、陳亮、劉過、蔣捷等十四人基本上可劃入豪放派，其他詞人則可劃入婉約派。看來，婉約詞，受人歡迎；豪放詞，也同樣招人喜愛。歷史上，曾經重婉約、輕豪放，說婉約是「本色」正宗，豪放詞是「別調」旁流。二十世紀以來，又一度重豪放、輕婉約，認為豪放詞思想境界高，婉約詞價值意義小。我們說，歷史是公正的，它平衡了主流意識形態和主流話語在選擇上的差異與變化。

這份排行榜，也是我們團隊精誠合作的成果。既有分工，更有協作。排行榜的資料，經過多年的增訂補充，最終由郁玉英校定完成。排行指標，也是她排定。上面提到的統計方法和統計結果，同樣凝聚了她在博士論文中探索的成果。指標解析，則由她和郭紅欣共同執筆。作品的注釋和時賢的研究成果，特別是上海辭書出版社的《唐宋詞鑑賞辭典》、江蘇古籍出版社的《唐宋詞鑑賞辭典》等，對我們啟發尤多，謹此致謝！

我們是史上第一次用排行榜這種方式來解讀、普及唐詩宋詞，給讀者提供一個趣味性的參考「答案」，讓讀者了解哪些唐詩宋詞在歷史上比較受人歡迎，哪些作品在歷史上人氣比較旺盛。我們不是要替代讀者的審美，讀者照樣可以對著排行榜來審美欣賞，也可以自己排出各自心目中的排行榜！我們做的排行榜，不是要顛覆你心中的經典，替代你心中的經典，只是給你提供一個參照：歷史上公認的經典名篇是哪些。

我們深知，剛剛開拓出的新路，總會有坑凹不平，但有條新路可走比總是走老路要好！有一個參考性的答案、有一種新的了解唐詩宋詞的方式，總比沒有要好！用統計分析的方法來評估衡量唐詩宋詞的影響力，只是一種嘗試、一種實驗。成敗得失，還需要歷史的檢驗、公眾的認可。如果能由此引發讀者去探索更多更好的評估衡量唐詩宋詞的新方法，那我們就更喜出望外了！

王兆鵬

# 目次

宋詞排行榜

# 第1名　念奴嬌

## 赤壁懷古①

蘇軾

【排行指標】

歷代選本入選次數：八七　在一〇〇篇中排名：一

歷代評點次數：二四　在一〇〇篇中排名：八

唱和次數：一三三　在一〇〇篇中排名：一

當代研究文章篇數：一八六　在一〇〇篇中排名：一

網路連結文章篇數：一一四三〇〇　在一〇〇篇中排名：一一

**綜合分值：二八．三三**　**總排名：一**

大江東去，浪淘盡、千古風流人物。故壘西邊，人道是、三國周郎赤壁②。亂石穿空，驚濤拍岸，捲起千堆雪。江山如畫，一時多少豪傑。

遙想公瑾當年，小喬初嫁了③，雄姿英發。羽扇綸巾④，談笑間、檣櫓灰飛煙滅。故國神遊，多情應笑我，早生華髮。人生如夢，一尊還酹江月⑤。

---

**【注釋】**

①赤壁：此指黃州的赤壁磯，在長江北岸。

②「人道」句：一般認為今湖北赤壁市的赤壁才是赤壁之戰古戰場。蘇軾是因地名相同，故用「人道是」的虛擬語氣將黃州赤壁與古戰場赤壁相關聯。周郎，周瑜，字公瑾，赤壁之戰時東吳主帥，時三十四歲。

③「小喬」句：小喬嫁周瑜實在赤壁之戰前九年。

④羽扇綸巾：古代儒將裝束。綸巾，古代一種配有青絲帶的頭巾。

⑤尊：同「樽」。酹：把酒灑在地上或水中，表示祭奠。

## 解讀

千古宋詞，千古蘇軾，千古「大江東去」赤壁詞！若要在兩萬餘首宋詞中尋出一首可以領銜的作品，除去這首〈念奴嬌．赤壁懷古〉，不知還有哪一首可以擔當！

其實，早在這首詞誕生之初，它就頗為引人注目了。據說當年蘇軾曾問一位善歌的幕下士：「我詞比柳詞何如？」這位幕下士隨即應聲答曰：「柳郎中詞，只合十七八女孩兒，執紅牙拍板，歌『楊柳岸曉風殘月』。學士詞，須關西大漢，執鐵板，唱『大江東去』。」的確，細品此詞，情韻豐厚，橫放傑出，筆調豪逸，完全不同於當時以柳永為代表的詞壇流風，而有著高度的藝術創造性。即如金代大詞人元好問所極口稱讚的：「詞才百餘字，而江山人物無復餘蘊，宜其為樂府絕唱。」

看排行榜資料，也充分證明了這首赤壁詞確實是宋詞中的第一經典名篇。

首先，千百年來，這首詞得到了無數詞評家的肯定。宋金時期，此詞最受關注。《唐宋詞彙評》所錄此期的評點共十五次，這在宋金人評點的所有宋詞作品中是最高的。元好問之外，當時著名的詞評家如王灼、胡仔、胡寅等，都充分肯定了這首詞的獨創性，極力讚揚其

故國神遊，多情應笑我，早生華髮。

對詞體抒情功能的拓展。如胡仔就說：「赤壁詞……絕去筆墨畦徑間，直造古人不到處，真可使人一唱而三歎。」明清以降，由於明人論詞以婉約為正宗，清代浙西、常州二派又分別推尊姜夔、張炎和周邦彥、吳文英等人詞，對這首詞的評點次數不如宋金，但所評基本上仍是肯定性的。雖然這首詞的評點率並沒有在評點榜上名列第一，但歷代詞評家的讚賞對其聲名鵲起、廣為流播並能在宋詞排行榜高居首位，同樣起了重要作用。

二十世紀以來，人們對宋詞的接受打破了婉約與豪放的藩籬，除繼續對此詞進行肯定性的評點外，研究性的文章更是如雨後春筍般破土而出。而且令人吃驚的是，這首詞的研究文章共有一百八十六篇次，不僅名列宋詞百首名篇之首，而且高出百首名篇研究文章平均數的三十四倍！這是這首詞總指標能名列第一的重要因素。

引人注意的還有，從宋至清，這首詞在唱和榜上始終獨占鰲頭。宋金、元明和清代，其被追和的次數分別為二十三次、六十四次和四十六次、一百三十二次的總唱和數竟高出唱和榜第二名賀鑄的〈青玉案〉（凌波不過橫塘路）整整一百次，充分展示了其在創作型讀者中的巨大影響。最後，此詞對大眾讀者影響最大的詞選入選指標也是一路上揚。宋金四大選本中，這首詞僅入選《花庵詞選》一次，其原因，可由時人的某些評價見出。如李清照就說蘇詞是「句讀不葺之詩」，吳曾也說蘇詞是「曲子縛不住者」。也就是說，除去當時人們更重婉約的欣賞心理外，蘇軾詞的不甚協律或許就是它在此一時期不被大眾傳播看好的一個根本性原因。而元明以來，詞樂失傳，詞的藝術性和抒情性成為選詞的風向標，這首〈念奴嬌〉詞的入選數值遂得以漸次走高。

這一時段，這首詞分別入選元明二代二十二種選本中的十八種、清代二十一種選本中的十四種、現當代六十種選本中的五十四種，並最終以八十七次的入選數列入選榜第一位，成為這首詞得以榮登總榜榜首的決定性因素（選本項權重在總排行指標中占百分之五十）。

再看當代網路上的連結文章，也達到了蔚為壯觀的十一萬篇次之多，同樣不容忽視。

千百年來，三大讀者群對這首〈念奴嬌．赤壁懷古〉詞可謂賞愛有加。五項排行指標中，三項都名列第一，其成為宋詞的領銜作品，確實是眾心所向、實至名歸。

宋詞排行榜

# 第2名　滿江紅

岳飛

**【排行指標】**

歷代選本入選次數：三五　在一〇〇篇中排名：七五

歷代評點次數：一四　在一〇〇篇中排名：四六

唱和次數：二三　在一〇〇篇中排名：六

當代研究文章篇數：一二五　在一〇〇篇中排名：二

網路連結文章篇數：三三三七〇〇　在一〇〇篇中排名：一

**綜合分值：一八．二七　總排名：二**

怒髮衝冠，憑欄處、瀟瀟雨歇。抬望眼、仰天長嘯，壯懷激烈。三十功名塵與土，八千里路雲和月。莫等閒、白了少年頭，空悲切。

靖康恥①，猶未雪。臣子恨，何時滅。駕長車踏破②，賀蘭山缺③。壯志飢餐胡虜肉，笑談渴飲匈奴血。待從頭、收拾舊山河，朝天闕④。

【注釋】

①靖康恥：指靖康元年（一一二六）金人攻陷汴京，次年擄徽、欽二帝北去事。靖康，宋欽宗年號。

②長車：古時戰車。

③賀蘭山：在寧夏西北與內蒙古交界處，此處代指金人所在地。缺：山口。

④朝天闕：朝見皇帝。天闕，天子所居的宮殿，亦指朝廷或京都。

## 解讀

經典名篇的生成軌跡並不同一。有些宋詞經典就不像蘇軾的〈念奴嬌．赤壁懷古〉那樣，一問世便大受歡迎並綿延不斷地對後世產生巨大影響。有的經典名篇或許在相當長時間內會沉埋於歷史的塵埃中，直到它的內涵意蘊與新的時代文化氛圍、讀者接受心理相契合，才會驚天而出，放出異彩。岳飛的〈滿江紅〉詞就是這樣。

由於種種歷史原因，這首高呼抗戰和對外族侵略充滿了切齒仇恨的詞作在明代以前備受抑制，並不為人所知，影響力幾乎為零。直至明代中葉，北方的韃靼等少數民族大肆侵擾東北、西

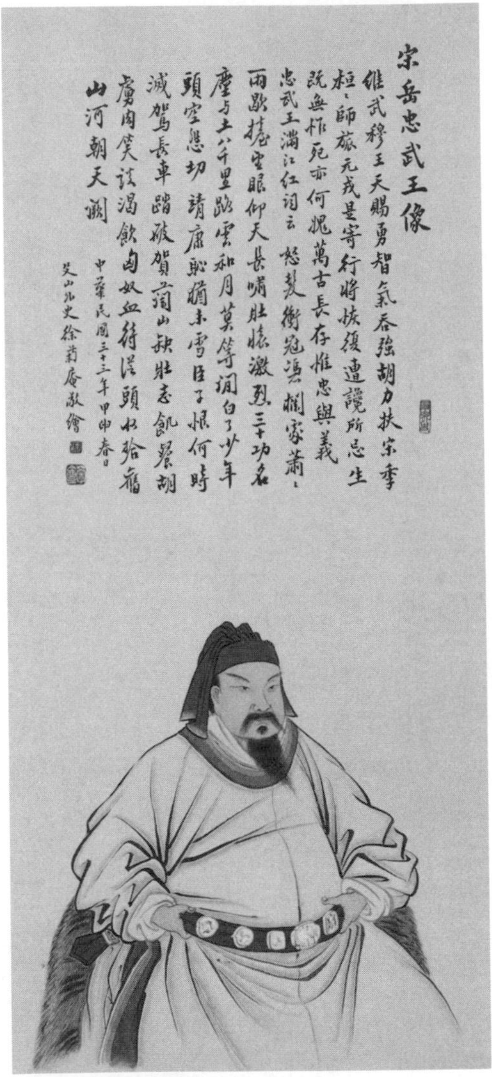


三十功名塵與土，八千里路雲和月。

北邊境，抗戰主題再次凸顯出來，這首鼓舞人心的英雄詞才被挖掘而出，彰顯出其應有的生命力。明人沈際飛就評贊此詞「膽量、意見、文章，悉無今古」。不過，在明清兩代，它的影響力還遠沒有達到最大。看排行指標，唱和共二十三次，在百首宋詞中列第六位，已是不錯的成績；但其評點數僅十四次，入選選本也只有五種，故此一時期，其總體位次還相當落後。

而到了現當代，表現在排行指標上，一是選本入選率大幅提升，有三十種選本錄入此詞。二是在研究項上，其以一百二十五篇的總數列第二位，比第三名辛棄疾的〈永遇樂〉（千古江山）

高出了五十八篇次之多。三是在大眾傳媒網路上人氣最旺，連結數達三十二萬餘次，列單榜第一位，高出第二名蘇軾的〈水調歌頭〉（明月幾時有）近十萬篇次。毫無疑問，這三項、尤其是後二項指標的陡然挺出，最終使這首詞的經典指數大大提升，並躍居宋詞排行榜的第二位。

從開始的湮沒無聞，到後來的異軍突起，這首〈滿江紅〉的經典之路是曲折的，又是合理的。

宋詞排行榜

# 第3名　聲聲慢

李清照

**【排行指標】**

歷代選本入選次數：六四　在一〇〇篇中排名：一七

歷代評點次數：四一　在一〇〇篇中排名：二

唱和次數：二三　在一〇〇篇中排名：六

當代研究文章篇數：五二　在一〇〇篇中排名：五

網路連結文章篇數：一一八三〇〇　在一〇〇篇中排名：一〇

**綜合分值：一一．六三　總排名：三**

尋尋覓覓，冷冷清清，淒淒慘慘戚戚。乍暖還寒時候①，最難將息②。三杯兩盞淡酒，怎敵他、曉來風急。雁過也，正傷心，卻是舊時相識。

滿地黃花堆積。憔悴損，如今有誰堪摘。守著窗兒，獨自怎生得黑。梧桐更兼細雨，到黃昏、點點滴滴。這次第③，怎一個、愁字了得。

【注釋】

①乍暖還寒：本指冬末春初氣候忽冷忽熱、冷熱不定，此泛指深秋天氣變換無常。

②將息：保養，調養。

## 解讀

藝術上的獨創性，是作品成為經典名篇的重要因素。李清照的這首〈聲聲慢〉之所以能成為經典名篇，並位居宋詞排行榜的第三位，最主要的原因就在於其高度的藝術獨創性。特別是開篇的疊字連用，可謂膾炙人口，千百年來征服了無數讀者。宋人羅大經就說：「起頭連疊七字，以一婦人，乃能創意出奇如此！」欽佩之意溢於言表。後來詞評家對此也讚譽有加，有稱其「超然筆墨蹊徑之外」的，有稱其「出奇制勝，匪夷所思」的。細閱歷代點評，鮮有不言及其疊字妙用者。

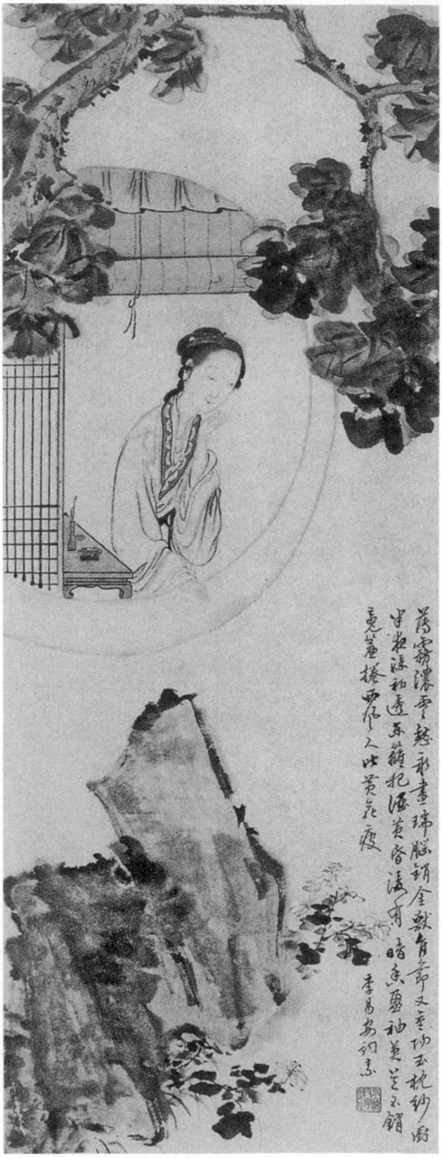
這次第，怎一個、愁字了得。

評點榜上，此詞以四十一次評點列第二位，高出百首名篇平均評點數近兩倍。由於評點權重（占百分之二十）的經典效應僅次於選本項（占百分之五十），因而成為助推此詞登上宋詞排行榜第三位的決定性因素。

二十世紀的研究型讀者對此詞也賞愛有加，共有五十二篇文章討論其藝術魅力和抒情深度，列單榜第五位。這首詞的藝術魅力還激發了不少創作型讀者的效仿熱情，共有二十三人次追和，列單榜第六位。與多數長調慢詞在當代讀者中影響力式微的情況不同，這首詞在網路上的連結數也相當可觀，有近十二萬篇次，列單榜第十位。這三項排名雖沒有一項與總體排名持平，但也都位居前十，且權重又小（分別占百分之十五、百分之五、百分之十），故沒有形成對這首詞總體位次太大的下拉力。

倒是在選本入選項上，這首詞排在了較為靠後的第十七名，不很如人意。但值得注意的是，其選本入選頻次卻是代代提升的：宋代無一次入選；明代有四次，清代有九次；到了現當代，則以五十一次名列百首宋詞同期入選榜的第四位。也就是說，在普通大眾讀者群中，隨著時間的推移，這首詞的魅力是越來越大，聲名也越來越響了。對於近千年前的作者，還有什麼能比這更感到欣慰呢？

宋詞排行榜

# 第4名　水調歌頭

蘇軾

**【排行指標】**

歷代選本入選次數：八六　在一〇〇篇中排名：二

歷代評點次數：二三　在一〇〇篇中排名：一五

唱和次數：二五　在一〇〇篇中排名：五

當代研究文章篇數：四〇　在一〇〇篇中排名：七

網路連結文章篇數：二三八四〇〇　在一〇〇篇中排名：二

**綜合分值：一一．四一　總排名：四**

丙辰中秋①，歡飲達旦，大醉，作此篇，兼懷子由②。

明月幾時有，把酒問青天③。不知天上宮闕，今夕是何年。我欲乘風歸去，又恐瓊樓玉宇④，高處不勝寒。起舞弄清影，何似在人間。

轉朱閣，低綺戶⑤，照無眠。不應有恨，何事長向別時圓。人有悲歡離合，月有陰晴圓缺。此事古難全。但願人長久，千里共嬋娟⑥。

【注釋】

①丙辰：宋神宗熙寧九年（一〇七六），時蘇軾在密州（今山東諸城）任知州。

②子由：蘇軾弟蘇轍，字子由。時蘇轍在齊州（今山東濟南）任掌書記。

③「明月」二句：化用李白〈把酒問月〉「青天有月來幾時，我今停杯一問之」詩意。

④瓊樓玉宇：用玉石砌成的樓閣，這裡指月宮。

⑤綺戶：雕花的門窗。綺，有花紋或圖案的絲織品。

⑥「千里」句：化用南朝宋謝莊〈月賦〉「美人邁兮音塵絕，隔千里兮共明月」句意。嬋娟，月亮。

## 解讀

這是一首著名的中秋詞。其著名的程度，用宋人胡仔的話說，就是：「中秋詞自東坡〈水調歌頭〉一出，餘詞盡廢。」

如胡仔一樣，歷來的詞評家都對此詞讚譽有加，或稱其「逸懷浩氣，超然乎塵垢之外」，或

但願人長久，千里共嬋娟。

說它「自是天仙化人之筆」；有激賞其「清空中有意趣，無筆力者未易到」，有欽佩其「揮灑自如，不假雕琢，而浩蕩之氣，超絕凡塵」。但就總體評點次數而言，其排名不太靠前，僅以二十二次列評點榜第十五位。

拉升其總體名次的，是下面幾項指標：一是二十世紀詞學研究者對其關注較多，共有四十篇研究文章，列單榜第七位。二是此詞為歷代詞人最喜愛效仿的詞作之一，從宋至清，先後有二十五首次韻唱和之作，居唱和榜第五位。三是古今共有八十六種選本選錄此詞，排在入選榜第二位。四是當今的網路上，其以近二十四萬次的網路連結數列第二位。

排行指標之外，還有兩個傳播方面的故事，是不能不提的。

一為古代，牽涉到一位皇帝。陳元靚《歲時廣記》引《復雅歌詞》說，元豐七年（一〇八四），京都汴梁傳唱此詞，並傳到宮中。神宗皇帝讀到「又恐瓊樓玉宇，高處不勝寒」兩句時，不由得大為感動，說：「蘇軾終是愛君。」並即刻頒詔，把蘇軾由條件甚苦的黃州改貶到條件稍好些的汝州。金口一評，天下聳動。

一為當今，牽涉到兩位「皇后」。在當代流行樂壇上，先後有兩位歌壇皇后鄧麗君和王菲成功演繹了這首中秋佳詞，歌名為〈但願人長久〉。兩位「皇后」的傾情演唱，使得這首詞獲得了新的音樂生命，煥發出新的藝術魅力，並在一定程度上擴大了其在大眾讀者中的影響。

宋詞排行榜

# 第5名　雨霖鈴

柳永

**【排行指標】**

歷代選本入選次數：八六　在一〇〇篇中排名：二

歷代評點次數：一六　在一〇〇篇中排名：三五

唱和次數：七　在一〇〇篇中排名：二八

當代研究文章篇數：五一　在一〇〇篇中排名：六

網路連結文章篇數：一八三一〇〇　在一〇〇篇中排名：三

**綜合分值：一〇．八二　總排名：五**

寒蟬淒切。對長亭晚，驟雨初歇。都門帳飲無緒，留戀處、蘭舟催發①。執手相看淚眼，竟無語凝噎。念去去、千里煙波②，暮靄沉沉楚天闊。

多情自古傷離別。更那堪、冷落清秋節③。今宵酒醒何處，楊柳岸、曉風殘月。此去經年④，應是良辰、好景虛設。便縱有、千種風情，更與何人說。

【注釋】

①蘭舟：傳說魯班曾刻木蘭樹為舟，後遂以為船的美稱。

②去去：去了又去，形容路途遙遠。

③那：同「哪」。

④經年：經過一年或若干年。

## 解讀

柳永是宋代流行樂壇當之無愧的天王級人物。所謂「凡有井水飲處，即能歌柳詞」，沒有誰的詞能像柳詞那樣受到普通老百姓的普遍喜愛。但這只是問題的一個方面。另一方面，在文人士大夫那裡，柳永和他的俗詞卻並不怎麼受歡迎。而一首詞要想成為經典中的經典、名篇中的名篇，就非要受到普通大眾和文人雅士兩大讀者群體的普遍認同不可。柳永的〈雨霖鈴〉，就是這樣的一首經典名篇。

千百年來，這首詞始終在大眾讀者群中廣為流傳，具有強大的生命力。在古今兩項大眾傳播

宋詞排行榜

# 第6名

# 永遇樂

京口北固亭懷古①

辛棄疾

**【排行指標】**

歷代選本入選次數：五八　在一〇〇篇中排名：二六

歷代評點次數：二三　在一〇〇篇中排名：一二

唱和次數：九　在一〇〇篇中排名：二一

當代研究文章篇數：六七　在一〇〇篇中排名：三

網路連結文章篇數：一〇五六〇〇　在一〇〇篇中排名：一四

**綜合分值：一〇・四七　總排名：六**

千古江山，英雄無覓，孫仲謀處②。舞榭歌台，風流總被，雨打風吹去。斜陽草樹，尋常巷陌，人道寄奴曾住③。想當年、金戈鐵馬，氣吞萬里如虎④。

元嘉草草，封狼居胥，贏得倉皇北顧⑤。四十三年⑥，望中猶記，烽火揚州路⑦。可堪回首，佛狸祠下⑧，一片神鴉社鼓⑨。憑誰問、廉頗老矣，尚能飯否⑩。

【注釋】

①京口：今江蘇鎮江。北固亭：又名北固樓，在鎮江城北北固山上，下臨長江。

②孫仲謀：三國時吳國君主孫權，字仲謀，曾都於京口。

③寄奴：南朝宋武帝劉裕小名。劉裕祖籍彭城，後遷居京口。

④「想當年」二句：東晉時劉裕曾起兵京口討伐桓玄叛亂，後攻滅南燕、後秦，收復洛陽、長安等地，四二〇年代晉自立。

⑤「元嘉草草」三句：指劉宋文帝劉義隆於元嘉二十七年（四五〇）命王玄謨帶兵北伐北魏，結果大敗事。元嘉，劉義隆年號。《宋書・王玄謨傳》載，文帝曾與人言，聽王玄謨論討伐北魏方略，「使人有封狼居胥意」。封狼居胥，漢代霍去病曾追擊匈奴，封狼居胥山（在今內蒙古境內）而還。

⑥四十三年：此詞作於寧宗開禧元年（一二〇五），距詞人紹興三十二年（一一六二）南歸已整整四十三年。

⑦「烽火」句：紹興三十一年（一一六一），金主完顏亮帶兵南侵，曾占領揚州等地。揚州路，今江蘇揚州一帶。登上北固山，可隔江遙望江北的揚州城。

⑧佛狸祠：後人在瓜步山（在今江蘇南京六合區東南）為北魏太武帝拓跋燾建的祠堂。佛狸，拓跋燾小名。拓跋燾曾率兵追擊王玄謨，駐軍瓜步山。

⑨神鴉：吃祠神祭品的烏鴉。社鼓：社日祭神的鼓樂聲。社，舊時祭祀土地神的儀式。

⑩「憑誰問」二句：典出《史記・廉頗藺相如列傳》：趙王想召回逃亡在楚國的老將廉頗，派人視其尚可用否。廉頗為之一飯斗米、肉十斤，被甲上馬，以示可用。

## 解讀

兩宋詞人中，辛棄疾最為多產，以六百二十餘首詞雄居榜首，而哪一首可以作為辛詞的壓卷之作呢？明代大才子楊慎就說，這首〈永遇樂〉是「稼軒詞中第一」。我們不能不說，楊慎的確很有眼光。統計資料顯示，這首詞的經典指數確實是辛詞中最高的。在宋詞排行榜中，它也排在引人注目的第六位。

這首詞之所以能榮居排行榜高位，現當代讀者的貢獻比古代讀者大，批評研究型讀者的貢獻比大眾型讀者大。其中，功勞最大的當屬二十世紀的研究型讀者，他們一起貢獻了六十七篇研究文章，高列單榜的第三位，為這首詞的高位排名立下了汗馬功勞。至於歷代選本入選項，雖然排名僅列第二十六位，但入選的五十八種選本中，現當代竟占了四十八種。很明顯，在現當代的大眾讀者群中，這是一首意義深遠的詞。而在古代，此詞僅入選明代選本三種、清代選本七種，均低於百首宋詞同期平均入選率。

這是一首借古代風流人物的典故事蹟來感懷古今、抒發慷慨激憤之情的英雄悲歌。毋庸諱言，用典過多在一定程度上影響了它傳播的廣泛性，以至於不論古今，它在大眾讀者中的吸引力都不及批評研究型讀者。但這並不影響它可以成為人們千古傳誦的經典名篇。

千古江山，英雄無覓，孫仲謀處。

宋詞排行榜

# 第7名　揚州慢

姜夔

**【排行指標】**

歷代選本入選次數：六七　　在一〇〇篇中排名：一三

歷代評點次數：一五　　在一〇〇篇中排名：三九

唱和次數：四　　在一〇〇篇中排名：四六

當代研究文章篇數：五四　　在一〇〇篇中排名：四

網路連結文章篇數：三三八〇〇　　在一〇〇篇中排名：四三

**綜合分值：九．一一　　總排名：七**

淳熙丙申至日①，予過維揚②。夜雪初霽，薺麥彌望③。入其城，則四顧蕭條，寒水自碧。暮色漸起，戍角悲吟。予懷愴然，感慨今昔，因自度此曲，千岩老人以為有〈黍離〉之悲也④。

淮左名都⑤，竹西佳處⑥，解鞍少駐初程。過春風十里⑦，盡薺麥青青。自胡馬窺江去後⑧，廢池喬木，猶厭言兵。漸黃昏，清角吹寒，都在空城。

杜郎俊賞⑨，算而今、重到須驚。縱豆蔻詞工⑩，青樓夢好⑪，難賦深情。二十四橋仍在⑫，波心蕩、冷月無聲。念橋邊紅藥⑬，年年知為誰生。

【注釋】

①淳熙丙申：指宋孝宗淳熙三年（一一七六）。至日：冬至日。

②維揚：今江蘇揚州別名。

③薺麥：野生的薺菜和麥子。

④千岩老人：南宋詩人蕭德藻自號。〈黍離〉：《詩經・王風》篇名，為東周大夫悲故都殘破而作。後以指故國敗亡的傷悲。

⑤淮左：即宋淮南東路，揚州是其首府。

⑥竹西：竹西亭，在揚州城北門外。

⑦春風十里：指揚州先前繁華的街道。語本杜牧詩「春風十里揚州路」句。

⑧胡馬窺江：高宗建炎三年（一一二九）與紹興三十一年（一一六一），金兵曾兩次南侵，揚州均受嚴重破壞。

⑨杜郎：指唐代詩人杜牧。杜牧曾在揚州淮南節度府任職。

⑩豆蔻詞：杜牧詩中有「豆蔻梢頭二月初」之句。豆蔻，常喻少女。

⑪青樓夢好：杜牧詩中有「十年一覺揚州夢，贏得青樓薄倖名」之句。

**解讀**

這是一首著名的懷古傷今詞。唐圭璋評價說：「其寫維揚亂後景色。千岩老人以為有〈黍離〉之悲，信不虛也。至文筆之清剛，情韻之綿邈，亦令人諷誦不厭。」此詞遣詞煉句自然精工，化用杜牧詩句渾然無痕，「猶厭言兵」等哀時傷亂語更是達到了「他人累千萬言，亦無此韻味」的藝術效果，不愧為宋詞十大經典名篇之一。

但這首蘊含著深沉悲愴的故國情思且藝術成就很高的名作，卻在元明時期沉寂了近三百年。清以前，其評點與唱和數均為○，只入選了三種宋代選本、兩種明代選本，影響力甚微。延至清代，由於浙西詞派以婉約為正宗，標榜清空醇雅，大力稱揚姜夔等人詞，姜夔的這首〈揚州慢〉才真正煥發出光彩。這一時期，它不僅入選了十一種選本，且有七次文人評點，分別列單榜的第五和第十一位。到了二十世紀，其名次進一步提升，入選了五十一種現當代選本，列第四位；文人評點八次，列第六位；研究文章五十四篇，列第四位。正是在清代以來多項指標的全力推動下，這首詞才最終攀升至宋詞排行榜的第七位。

⑫二十四橋：杜牧詩有「二十四橋明月夜，玉人何處教吹簫」句。

⑬紅藥：即芍藥。宋王觀《揚州芍藥譜》：「揚之芍藥甲天下。」

高位排名自然源自作品優異的內質。正如俞陛雲所說：「凡亂後感懷之作，詞人所恆有，白石之精到處，淒異之音，沁入紙背，復能以浩氣行之，由於天分高而醞釀深也。」

二十四橋仍在，波心蕩、冷月無聲。

宋詞排行榜

# 第8名　釵頭鳳

陸游

**【排行指標】**

歷代選本入選次數：四六　在一〇〇篇中排名：四八

歷代評點次數：一五　在一〇〇篇中排名：三九

唱和次數：二　在一〇〇篇中排名：六三

當代研究文章篇數：四〇　在一〇〇篇中排名：七

網路連結文章篇數：一七九八〇〇　在一〇〇篇中排名：四

**綜合分值：八．四一　總排名：八**

紅酥手①。黃縢酒②。滿城春色宮牆柳。東風惡。歡情薄。一懷愁緒，幾年離索。錯錯錯。

春如舊。人空瘦。淚痕紅浥鮫綃透③。桃花落。閑池閣。山盟雖在，錦書難托④。莫莫莫。

**【注釋】**

①酥：酥油，此指女子皮膚潤澤細膩。

②黃縢酒：即宋代名酒黃封酒，因用黃羅帕或黃紙封口而得名。縢，緘封。

③浥：沾濕。鮫綃：張華《博物志》：「南海水有鮫人，水居如魚，不廢織績，其眼能泣珠。」此指細絲巾帕。綃，生絲或用生絲織成的薄綢。

④錦書：前秦竇滔妻蘇蕙織錦為回文旋圖詩以贈滔。後世遂常以指稱夫婦間的書信。

## 解讀

一首〈釵頭鳳〉，一段不了情。

宋高宗紹興十四年（一一四四），二十四歲的陸游與青梅竹馬的唐琬成婚。婚後，兩人情投意合，恩愛非常。但陸母卻對這位知書達理的兒媳看不順眼。迫於母親的壓力，陸游最終不得不與唐琬分手。之後，陸游另娶王氏女，唐琬再嫁同郡宗室趙士程。據說，別後的一個春天，二人偶遇於紹興禹跡寺。陸游感愴不已，當即寫下這首〈釵頭鳳〉詞，並題於寺南之沈園壁。唐琬讀到此詞，也大為感傷，痛和了一首，不久即抑鬱而逝。

這首〈釵頭鳳〉之所以能在諸多傷情詞中脫穎而出，名列宋詞排行榜的第八位，其中一個重

春如舊。人空瘦。淚痕紅浥鮫綃透。

要原因，就是與這段淒美的愛情故事緊密相連。看此詞的所有評點和研究文章，無一不提到陸游和唐琬的這段愛情故事；網路中關於此詞的每一個連結，也幾乎無一不提到陸游、唐琬二人的名字。千百年來，與其說是這首詞打動了讀者，毋寧說是其背後陸、唐二人的悲情故事打動了讀者。

當然，在古代和現當代，這首詞的影響力和所受關注的程度還是不同的。綜觀各項指標，二十世紀前後的差異還是相當大。在完全以古代讀者為主體的唱和榜上，這首詞僅被唱和過二次，列第六十三位；評點榜上，也只被評點十五次，列第三十九位；古今四十六種入選選本中，古代也只有十二種。

而到了人們可以追求愛情自由和婚姻自主的現當代，這首詞才真正得到了讀者的廣泛關注與喜愛。排行指標中，有三十四種選本選錄此詞，較古代大為增加；研究文章也有四十篇，列單榜第七位；尤為引人注目的是，這首詞的網路文章連結數竟達到了近十八萬篇次，列單項榜的第四位，僅次於岳飛的〈滿江紅〉（怒髮衝冠）、蘇軾的〈水調歌頭〉（明月幾時有）和柳永的〈雨霖鈴〉（寒蟬淒切）三名篇。

由此我們可以說，這首詞產生於古代，而它的真正知音者，卻是在現當代。

宋詞排行榜

# 第9名　摸魚兒

辛棄疾

**【排行指標】**

歷代選本入選次數：八〇　在一〇〇篇中排名：五

歷代評點次數：二三　在一〇〇篇中排名：一五

唱和次數：一一　在一〇〇篇中排名：一六

當代研究文章篇數：二一　在一〇〇篇中排名：一七

網路連結文章篇數：九六七〇〇　在一〇〇篇中排名：一七

**綜合分值：七．六五　總排名：九**

淳熙己亥，自湖北漕移湖南，同官王正之置酒小山亭，為賦①。

更能消、幾番風雨。匆匆春又歸去。惜春長怕花開早，何況落紅無數。春且住。見說道、天涯芳草無歸路。怨春不語。算只有殷勤，畫簷蛛網，盡日惹飛絮。

長門事，準擬佳期又誤。蛾眉曾有人妒。千金縱買相如賦，脈脈此情誰訴②。君莫舞。君不見、玉環飛燕皆塵土③。閒愁最苦。休去倚危欄，斜陽正在，煙柳斷腸處。

【注釋】

①「淳熙己亥」四句：宋孝宗淳熙六年（一一七九），辛棄疾由湖北轉運副使調任湖南轉運副使，原職由王正之接任。漕，漕司的簡稱，亦稱轉運司，掌稅賦、錢糧、漕運等事務。同官，官職名位相同。小山亭，在鄂州（今湖北武漢武昌區）湖北漕司衙內。

②「長門事」五句：漢武帝寵倖衛子夫，陳皇后頗妒，失寵居長門宮，遂用千金請司馬相如作〈長門賦〉獻武帝，冀圖復幸，然未果。長門，漢代宮名。相如，漢代大辭賦家。

③玉環：楊玉環，唐玄宗寵妃。飛燕：漢成帝寵妃趙飛燕。二人皆善舞，又善妒。

## 解讀

此詞巧妙地借鑑了屈原〈離騷〉的寫作手法，以香草美人喻寫自己的身世遭際，發抒英雄失

宋詞排行榜

# 第10名　暗香

姜夔

**【排行指標】**

歷代選本入選次數：五〇　在一〇〇篇中排名：三九

歷代評點次數：四二　在一〇〇篇中排名：一

唱和次數：一一　在一〇〇篇中排名：一六

當代研究文章篇數：一七　在一〇〇篇中排名：二三

網路連結文章篇數：三〇四〇〇　在一〇〇篇中排名：四〇

**綜合分值：七・六〇　總排名：一〇**

辛亥之冬①，予載雪詣石湖②。止既月，授簡索句，且徵新聲。作此兩曲，石湖把玩不已，使工妓隸習之③，音節諧婉，乃名之曰〈暗香〉、〈疏影〉④。

舊時月色。算幾番照我，梅邊吹笛。喚起玉人，不管清寒與攀摘。何遜而今漸老⑤，都忘卻、春風詞筆。但怪得、竹外疏花，香冷入瑤席。

江國⑥，正寂寂。歎寄與路遙⑦，夜雪初積。翠尊易泣⑧。紅萼無言耿相憶⑨。長記曾攜手處，千樹壓、西湖寒碧。又片片、吹盡也，幾時見得。

【注釋】

①辛亥：宋光宗紹熙二年（一一九一）。

②石湖：指范成大。范成大晚年隱居蘇州西南石湖，曾自號石湖居士。

③工妓：樂工和歌妓。隸習：練習，演習。

④〈暗香〉、〈疏影〉：姜夔兩支自度曲，曲名取自林逋〈山園小梅〉詩：「疏影橫斜水清淺，暗香浮動月黃昏。」

⑤何遜：南朝梁詩人，酷愛梅花，有〈詠早梅〉等詩。

⑥江國：指江南水鄉。

⑦寄與路遙：暗用南北朝陸凱寄贈范曄梅花並詩的故事。

⑧尊：同「樽」。

⑨耿：心中牽念，無法忘懷。

**解讀**

千年前的一個除夕夜，一條小船行進在蘇州垂虹橋畔的太湖中。片雪紛飛，簫聲悠揚，一歌

算幾番照我，梅邊吹笛。

女輕啟朱唇，和簫而歌曰：「舊時月色，……」這是一個真實的故事，吹簫的是姜夔，和歌的是小紅。姜夔還有詩紀其事曰：「自琢新詞韻最嬌，小紅低唱我吹簫。曲終過盡松陵路，回首煙波十里橋。」詩中所說的「新詞」，就是這首〈暗香〉和它的姊妹篇〈疏影〉。

看詞前小序，知此二詞是詞人應大詩人范成大邀約而作。詞成之後，范成大十分欣賞，「把玩不已」。其實何止是范成大，二詞問世以來，歷代文人少有不服膺的。如姜夔的超級大粉絲張炎就說，此詞「不惟清空，且又騷雅，讀之使人神觀飛越」，其「自立新意」，「前無古人，後無來者」。即使認為姜夔「情淺」、「才小」的清代常州詞派代表人物周濟，也非常認同這首詞，說它「寄意題外，包蘊無窮」，可與他崇拜的偶像辛棄疾之詞相較。

但比較而言，〈暗香〉不僅題列〈疏影〉之前，藝術成就也更高些，第十位的排名也稍稍靠前。

文士尚雅，此詞雅甚，兩相契合，故大得歷代文士的青睞。表現在排行指標上，此詞以四十二次的評點數，赫然列在評點榜的首位。評點項的權重次於選本項，占總指標的百分之二十，故此項從根本上決定了此詞的高位排名。另外，其歷代被唱和十一次，排第十六位；研究文章十七篇，排第二十三位，也都是不錯的成績。

但其他指標，就不大如人意了。選本入選五十次，排單榜第三十九位；網路連結三萬篇次，排單榜第四十位，都比較靠後。可知，在普通大眾讀者那裡，這首詞的魅力還不夠大。其中原因，在其用典過多而又主旨晦澀，不像柳永的〈雨霖鈴〉（寒蟬淒切）那樣，可以雅俗共賞。

宋詞排行榜

# 第11名

# 水龍吟

## 次韻章質夫楊花詞①

蘇軾

**【排行指標】**

歷代選本入選次數：六四　在一〇〇篇中排名：一七

歷代評點次數：二三　在一〇〇篇中排名：一二

唱和次數：二八　在一〇〇篇中排名：三

當代研究文章篇數：一三　在一〇〇篇中排名：一五

網路連結文章篇數：二八九三〇　在一〇〇篇中排名：五一

**綜合分值：七．一七　總排名：一一**

似花還似非花，也無人惜從教墜。拋家傍路，思量卻是，無情有思②。縈損柔腸，困酣嬌眼，欲開還閉。夢隨風萬里，尋郎去處，又還被、鶯呼起③。

不恨此花飛盡，恨西園、落紅難綴。曉來雨過，遺蹤何在，一池萍碎④。春色三分，二分塵土，一分流水。細看來，不是楊花，點點是離人淚。

**【注釋】**

①次韻：舊時古體詩詞寫作的一種方式，要求按照原詩詞的韻字和用韻次序來和作。章質夫：名楶，浦城（今屬福建）人，詞人好友。其〈水龍吟〉楊花詞，一時傳誦。楊花：柳絮。

②無情有思：反用韓愈「楊花榆莢無才思，惟解漫天作雪飛」詩意。思，情思，心緒。

③「夢隨風萬里」三句：化用唐金昌緒「打起黃鶯兒，莫教枝上啼。啼時驚妾夢，不得到遼西」詩意。

④萍碎：作者自注：「楊花落水為浮萍，驗之信然。」此種說法並不科學，但入詞卻妙。

## 解讀

和詞中，次韻最難，難在須用原韻原序趨步而和，一點也不能變通，要做好就更難。不過這也要看對誰，若是天才如蘇軾者，難也就變成易了。如這首〈水龍吟〉，本是蘇軾次韻章楶（質夫）楊花詞的，可到頭來卻完全把原作的名聲給奪去了。要說章質夫的原作也夠好的了，但就是不能與蘇軾和詞相比，一比，就顯得遜色了。王國維就說：「東坡〈水龍吟〉詠楊花，和韻而似原唱；章質夫詞，原唱而似和韻。」其實，早在宋代，晁冲之已經感歎道：「東坡如毛嬙、西施，淨洗卻面，而與天下婦人鬥好，質夫豈可比耶！」

當然，這主要是就次韻的難度而言。戴上次韻的「枷鎖」還能從容起舞，與一身輕衣的章楶同台競技，而眉眼步態又絕勝之，確實不由人不嘆服，甚至還要歎為觀止。但即便撇開次韻的角度而純以詠物詞論之，蘇軾的這首詞

春色三分，二分塵土，一分流水。

也是精妍曼妙，不讓古今。正如王國維所極口稱讚的：「詠物之詞，自以東坡〈水龍吟〉為最工。」

當然不只是王國維、晁冲之，歷代文人評點、讚賞這首詞的亦不在少數。僅《唐宋詞彙評》，就收錄了二十三次評點，列單榜第十二位。歷代詞選家對此詞也青睞有加，古今共有六十四種選本選錄，列單榜第十七位。在創作領域，文人墨客更是把這首詞當作競相效仿的對象，唱和之作達二十八首，高列單榜的第三位。到了二十世紀，詞學研究者對這首詞也投入了很大的熱情，共有二十三篇專文刊出，列單榜第十五位。

綜合各項指標，這首詞最終排在宋詞排行榜的第十一位。而看章楶原詞，則排在了較為靠後的第七十四位。若是章楶看到這樣的排名，想也會心服口服的。況且，是他催生了蘇軾的這首曼妙和詞，說不定還會感到滿驕傲的呢！

宋詞排行榜

# 第12名 疏影

姜夔

【排行指標】

歷代選本入選次數：四六　在一〇〇篇中排名：四八

歷代評點次數：二九　在一〇〇篇中排名：四

唱和次數：一三　在一〇〇篇中排名：一五

當代研究文章篇數：一七　在一〇〇篇中排名：二三

網路連結文章篇數：三一三八〇　在一〇〇篇中排名：四七

**綜合分值：六．七三　總排名：一二**

苔枝綴玉。有翠禽小小，枝上同宿①。客裡相逢，籬角黃昏，無言自倚修竹②。昭君不慣胡沙遠，但暗憶、江南江北。想佩環、月夜歸來，化作此花幽獨③。

猶記深宮舊事，那人正睡裡，飛近蛾綠④。莫似春風，不管盈盈，早與安排金屋⑤。還教一片隨波去，又卻怨、玉龍哀曲⑥。等恁時、重覓幽香，已入小窗橫幅⑦。

**【注釋】**

①「有翠禽」二句：暗用題柳宗元〈龍城錄〉記趙師雄路遇梅與翠鳥幻化的美女與歌童事。翠禽，即翠鳥。

②「無言」句：化用杜甫「絕代有佳人，幽居在空谷。……天寒翠袖薄，日暮倚修竹」詩意。

③「昭君」四句：杜甫詠昭君有「畫圖省識春風面，環佩空歸月夜魂」之句。

④「猶記」三句：用梅落劉宋壽陽公主額上成「梅花妝」故事。

⑤金屋：漢武帝幼時言如能得陳阿嬌為婦當作金屋貯之。命謂「金屋藏嬌」。

⑥玉龍哀曲：指笛曲〈梅花落〉。玉龍，笛子名。

⑦橫幅：橫掛的畫幅。

## 解讀

南宋光宗紹熙二年（一一九一）冬，姜夔在大詩人范成大那裡自度了兩首新詞。一首是列排行榜第十位的〈暗香〉，另一首就是這首〈疏影〉。

自問世以來，兩首詞就像一對孿生姊妹，總是形影不離。它們不但幾乎總能同時入選同一詞

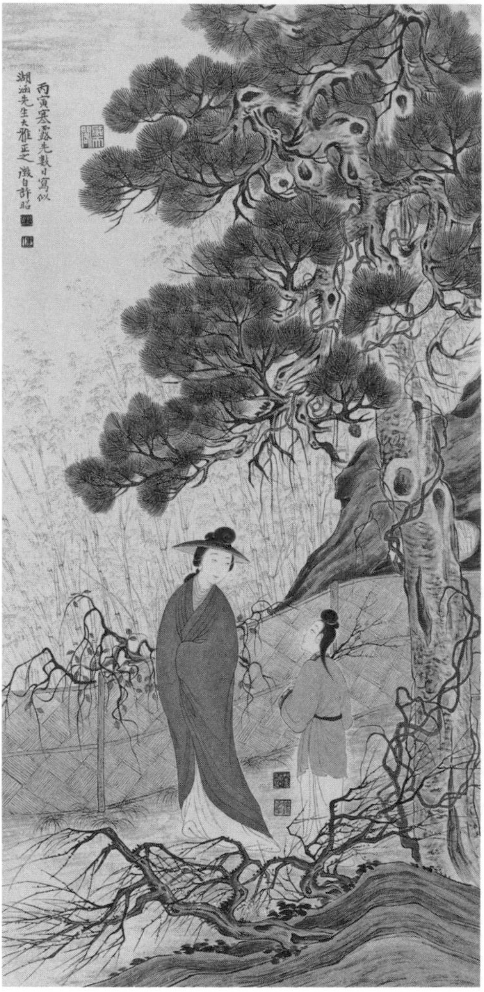

重覓幽香，已入小窗橫幅。

選選本，而且歷代文人評點時也往往把二者相提並論，惟恐怠慢了哪一個。再看排行指標，二十世紀的研究文章，二者都是十七篇，同列第二十三位；〈疏影〉的網路連結三萬餘次，也與〈暗香〉不相上下。所以，〈疏影〉在歷史流變過程中的經典性指數與〈暗香〉非常接近，排行榜排名也僅落後了兩位。

但落後兩位也還是落後了。其中原因，顯然是〈疏影〉的晦澀程度更甚於〈暗香〉。表現在排行指標上，影響非常廣泛的兩項指標——選本和評點的排名，〈疏影〉都不如〈暗香〉。〈疏影〉共入選選本四十六次，排名第四十八位，比〈暗香〉低了四次和九個位次；評點共二十九次，排名第四位，也比〈暗香〉低了十三次和三個位次。

唱和榜上，〈疏影〉倒是比〈暗香〉多了二次，排名也提前了一個位次。對於姊妹篇的〈疏影〉來說，這也可以算作一個安慰吧！

宋詞排行榜

# 第13名

# 水龍吟

## 登建康賞心亭①

辛棄疾

【排行指標】

歷代選本入選次數：五六　在一〇〇篇中排名：三一

歷代評點次數：一一　在一〇〇篇中排名：五八

唱和次數：四　在一〇〇篇中排名：四六

當代研究文章篇數：四〇　在一〇〇篇中排名：七

網路連結文章篇數：三八四〇〇　在一〇〇篇中排名：四〇

**綜合分值：六．六八**　**總排名：一三**

楚天千里清秋，水隨天去秋無際。遙岑遠目②，獻愁供恨，玉簪螺髻。落日樓頭，斷鴻聲裡，江南遊子。把吳鉤看了，欄杆拍遍，無人會、登臨意。

休說鱸魚堪膾。盡西風、季鷹歸未③。求田問舍，怕應羞見，劉郎才氣④。可惜流年，憂愁風雨，樹猶如此⑤。倩何人⑥，喚取紅巾翠袖⑦，揾英雄淚⑧。

【注釋】

①建康：今江蘇南京。賞心亭：北宋時丁謂建，在城西下水門城上，下臨秦淮，盡觀覽之勝。今已不存。

②遙岑：遠山。岑，小而高的山。

③「休說」二句：西晉張翰在洛陽做官，因見秋風起，乃思家鄉鱸魚膾等，為求適志，遂棄官回鄉。季鷹，張翰字。

④「求田問舍」三句：三國時劉備批評許汜求田問舍，言無可採，不能救世。劉郎，指劉備。

⑤樹猶如此：語出《世說新語．言語》，東晉桓溫帶兵北伐時見前所種柳皆已十圍：慨然曰：「木猶如此，人何以堪？」

⑥倩：請，求。

⑦紅巾翠袖：代指女子。

⑧揾：擦拭。

## 解讀

宋孝宗淳熙元年（一一七四）的一個秋日，辛棄疾登上建康城西的賞心亭，放眼眺望依然淪

宋詞排行榜

# 第14名　如夢令

李清照

【排行指標】

歷代選本入選次數：五八　在一〇〇篇中排名：二六

歷代評點次數：二一　在一〇〇篇中排名：二一

唱和次數：四　在一〇〇篇中排名：四六

當代研究文章篇數：二六　在一〇〇篇中排名：一三

網路連結文章篇數：六一五〇〇　在一〇〇篇中排名：二五

**綜合分值：六・六四　總排名：一四**

昨夜雨疏風驟。濃睡不消殘酒。
試問捲簾人，卻道海棠依舊。
知否。知否。應是綠肥紅瘦。

**解讀**

宋詞中，惜花傷春的小令不少，但能達到如這首〈如夢令〉水準的，卻並不多。

此詞自問世之日起，便天下稱之，「當時文士莫不擊節歎賞」。尤其是詞中似嗔實傷的「知否。知否。應是綠肥紅瘦」數句，自古及今，更是折服了無數讀者。《唐宋詞彙評》所收錄的二十一次點評中，有十六次都涉及了「綠肥

試問捲簾人，
卻道海棠依舊。

紅瘦」句。後代詞人填詞，有的就直接或稍作改造，把「綠肥紅瘦」放進自己的詞中，如趙善括〈好事近〉「是處綠肥紅瘦，怨東君情薄」、吳潛〈摸魚兒〉「滿園林瘦紅肥綠，休休春事無幾」就是。

在強大的名句效應推動下，這首詞獲得了人們的廣泛關注和喜愛。首先，二十世紀的詞學研究者紛紛從不同角度探討這首詞的技法與風格，共有二十六篇文章發表，列單榜第十三位，成為決定這首詞總體排名的關鍵因素。其次，在影響最大的入選項上，此詞除清代選家在一定程度上對其有所忽視（僅入選五種選本）外，宋、元明、現當代的選家均對其格外垂青。特別是元明時期，其以十九次的入選數列同期榜的第三位。而在入選總榜上，這首詞也以五十八次的入選數，名列第二十六位，可說影響不小。再次，在代表著當代大眾讀者閱讀取向的網路上，其連結也超過了六萬篇次，列單榜第二十五位，可謂成績不俗。

綜觀這首詞的各項資料，雖然沒有一項能進入單項前十名，但除了權重僅占百分之五的唱和項排名第四十六位、名次較為靠後外，其他各項均排名相對靠前。三十三字的小令，最終能獲得第十四位的宋詞排行榜名次，已經是一個不小的奇蹟了。對此，我們除了讚歎，也還是只有讚歎！

宋詞排行榜

# 第15名

# 雙雙燕

詠燕

史達祖

【排行指標】

歷代選本入選次數：八一　在一〇〇篇中排名：四

歷代評點次數：三四　在一〇〇篇中排名：三

唱和次數：七　在一〇〇篇中排名：二八

當代研究文章篇數：四　在一〇〇篇中排名：六〇

網路連結文章篇數：六〇一〇〇　在一〇〇篇中排名：二六

**綜合分值：六．六二　總排名：一五**

過春社了①，度簾幕中間，去年塵冷。差池欲住②，試入舊巢相並。還相雕梁藻井③。又軟語、商量不定。飄然快拂花梢，翠尾分開紅影。

芳徑。芹泥雨潤④。愛貼地爭飛，競誇輕俊。紅樓歸晚，看足柳昏花暝。應自棲香正穩。便忘了、天涯芳信。愁損翠黛雙蛾，日日畫欄獨憑。

【注釋】

①春社：古時於春耕前祭祀土神，祈望豐收，謂之春社。

②差池：參差。此指燕子飛行時尾翼舒張不齊的樣子。

③相：仔細看。藻井：有花紋、雕刻、彩畫的天花板。

④芹泥：燕子築巢所用的草泥。

## 解讀

這首〈雙雙燕〉是史達祖的自度名曲。從有關記載看，這首詞自問世以來便異常受歡迎。如今，詞樂失傳，我們自然無法領略其音樂的真美，但僅憑存留的文字，我們仍然可以約略感受到其旋律的動人與美妙。至於其用語的超絕，看詞評家們的評點便知。如當時的詞壇大腕姜夔就對此詞青睞有加，詞選家兼詞學評論家黃昇也大賞其藝術功力，說其對初春之燕「形容盡矣」。

看資料，這首〈雙雙燕〉也是歷代詞選家和詞評家的寵兒。在宋代，它是選本入選率最高的詞作之一，四大詞選有三種選入；明代，入選選本二十一種，獲亞軍；清代，入選選本十六種，獲冠軍；現當代，入選選本四十一種，列第十位。總體上，在一百零五種古今選本中，此詞共入選八十一種，列入選榜第四位。在兩萬多首宋詞中，只有蘇軾的〈念奴嬌·赤壁懷古〉、〈水調歌頭〉（明月幾時有）和柳永的〈雨霖鈴〉（寒蟬淒切）名列其前。評點榜上，它更是以三十四次的評點數名列單榜第三位，宋詞中也只有李清照的〈聲聲慢〉（尋尋覓覓）和姜夔的〈暗香〉（舊時月色）排在它前面。對於這首詞的宋詞排行榜排名，這兩項指標的意義不言而喻。

不過，二十世紀以來，這首詞的各項指標都呈明顯的下降趨勢。特別是詞

紅樓歸晚，看足柳昏花暝。

學研究領域，其影響甚微，僅以四篇專題文章列單項榜第六十位。其中原因並不複雜，乃是其明瞭的語詞表達和顯見的主題意蘊、藝術手法，降低了深度研究的意義與價值。但研究意義和價值的降低，並不意味著其閱讀價值的減弱，現當代眾多選本的強勢選入和六萬多次網路連結資料的呈現，就已經很能說明問題了。

宋詞排行榜

# 第16名　醉花陰

李清照

【排行指標】

歷代選本入選次數：七二　在一〇〇篇中排名：八

歷代評點次數：二一　在一〇〇篇中排名：二一

唱和次數：一四　在一〇〇篇中排名：一三

當代研究文章篇數：二〇　在一〇〇篇中排名：一九

網路連結文章篇數：二三五〇六　在一〇〇篇中排名：六五

**綜合分值：六・四三　總排名：一六**

薄霧濃雲愁永晝。瑞腦消金獸①。佳節又重陽，玉枕紗廚②，半夜涼初透。

東籬把酒黃昏後③。有暗香盈袖。莫道不消魂④，簾捲西風，人比黃花瘦⑤。

【注釋】

①瑞腦：香料名，即龍腦。金獸：獸形的銅香爐。

②紗廚：紗帳。

③東籬：指種菊處。典出陶淵明詩：「采菊東籬下，悠然見南山。」

④消魂：靈魂離散，形容極度悲愁、歡樂、恐懼等。

⑤黃花：菊花。

## 解讀

這首〈醉花陰〉是李清照的代表作之一。

看排行指標，此詞在歷代選本中入選七十二次，從宋至今，各代入選數都遠遠超出百首宋詞的平均入選率，並排單項榜第八位。這是此詞最終能在宋詞排行榜中排第十六位的關鍵因素。其次，此詞被宋元明和清代順康時期的文人唱和十四次，排單榜第十三位，也是不錯的成績。

而且，此詞還有篇有句，其中的名句格外地引人注目。據說，當時住在青州的李清照曾將此詞寄給遠在萊州做官的趙明誠。趙明誠看後歎賞不已，欲與妻子一較高下。於是，他閉門謝客，三天寫出了五十首〈醉花陰〉，還大有深意地把此詞隱於其中，然後送給好友陸德夫品鑑。沒想到，陸德夫看後，只說「有三句絕佳」；這三句，就是此詞結拍的「莫道不消魂，簾捲西風，人比黃花瘦」。

與此傳說相應，評點榜上，總共二十一次的歷代評點中，有十二次都與這三句（特別是「人比黃花瘦」）有關。名句的特殊效應，在這首詞的流傳過程中表現得特別明顯。

及至現當代，在詞學研究領域，共有二十篇文章發表。文章大多圍繞此詞的創作意識、表現技巧和意境、審美、風格等進行分析探討，與選本、評點的關注一起，形成了對此詞的鑑賞接力。

不過，在代表當下大眾讀者選擇趨向的網路上，這首詞的連結數偏低，僅列第六十五位。也許，是詞中營造情感體驗的意象——「瑞腦」、「金獸」、「紗廚」、「東籬把酒」等，正在遠離我們生活的緣故吧。

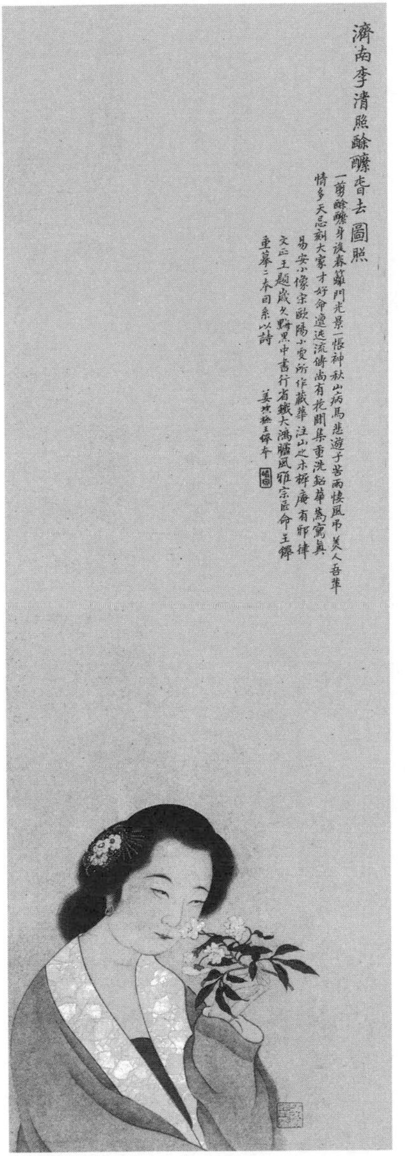

莫道不消魂，簾捲西風，人比黃花瘦。

宋詞排行榜

# 第17名　青玉案

賀鑄

【排行指標】

歷代選本入選次數：七六　在一〇〇篇中排名：七

歷代評點次數：一八　在一〇〇篇中排名：二八

唱和次數：三三　在一〇〇篇中排名：二

當代研究文章篇數：七　在一〇〇篇中排名：五二

網路連結文章篇數：二八七三〇　在一〇〇篇中排名：五二

**綜合分值：六．二七**　**總排名：一七**

凌波不過橫塘路①。但目送、芳塵去②。錦瑟華年誰與度③。月橋花院，瑣窗朱戶。只有春知處。

碧雲冉冉蘅皋暮④。彩筆新題斷腸句。試問閒愁都幾許。一川煙草，滿城風絮。梅子黃時雨。

【注釋】

①凌波：形容女子步態輕盈。語出曹植〈洛神賦〉：「凌波微步，羅襪生塵。」橫塘：古堤名，在江蘇蘇州吳中區西南。賀鑄晚年曾卜居於此。

②芳塵：借指美人。

③錦瑟華年：指青春年華。語本李商隱詩：「錦瑟無端五十弦，一弦一柱思華年。」

④碧雲：語出南朝江淹詩：「日暮碧雲合，佳人殊未來。」後遂成為帶有相思之情的意象。蘅：杜蘅，一種香草。皋：水邊高地。

解讀

「試問閒愁都幾許。一川煙草，滿城風絮。梅子黃時雨。」煙草、風絮、梅雨，在這幅暮春煙雨的迷濛圖畫中，那愁就像連天碧草，密密層層，漫無邊際；又像隨風飄揚的柳絮，滿天飛舞，紛繁雜亂；又像梅子黃時那淅淅瀝瀝下不完的雨，連綿不斷，沒有盡頭！

失意之愁，可以借怎樣的情景來傳達呢？賀鑄真是高手，一問一答間，三個比喻就將那本無象無形、不可捉摸的愁寫得如此真切形象，難怪詞人因此獲得了「賀梅子」的雅號，此詞也理所當然地成為了詞壇的千古絕唱。

從各項傳播接受指標看，這首〈青玉案〉確實有著不凡的影響力。五項指標中，只有二十世紀的研究論文和二十一世紀的網路連結數排名不高，均列第五十二位。而其他三項排名都很靠前，且有兩項進入前十名。其中，歷代唱和榜上，以三十三首和詞榮居亞軍，僅次於蘇軾的〈念奴嬌・赤壁懷古〉。在權重最大的選本入選項上，古今共有七十六種選本選錄此詞，列入選榜第七位，顯得非常突出。這也是這首詞能列宋詞排行榜第十七位最為重要的保障。

超絕的表現手法和妙絕的人物形象，使這首詞獲得了巨大的影響和恆久的藝術魅力。

一川煙草，滿城風絮。梅子黃時雨。

宋詞排行榜

# 第18名

# 菩薩蠻

書江西造口壁[1]

辛棄疾

【排行指標】

歷代選本入選次數：五四　在一〇〇篇中排名：三四

歷代評點次數：一七　在一〇〇篇中排名：三〇

唱和次數：一　在一〇〇篇中排名：六六

當代研究文章篇數：三三　在一〇〇篇中排名：一〇

網路連結文章篇數：二六七七〇　在一〇〇篇中排名：五六

**綜合分值：六．一七　總排名：一八**

鬱孤台下清江水②。中間多少行人淚③。西北望長安④。可憐無數山。

青山遮不住。畢竟東流去。江晚正愁余。山深聞鷓鴣⑤。

【注釋】

①造口：一稱皂口，在今江西萬安西南六十里。其地有皂口溪。

②鬱孤台：古台名，在今江西贛州西北隅賀蘭山頂，為一郡之形勝。清江：此指贛江。

③行人：指遭金兵侵擾而流離奔逃的人。高宗建炎三年（一一二九），金兵從湖北進逼江西，追擄隆祐太后。隆祐太后從南昌逃至皂口，至贛州方脫險。

④長安：這裡代指北宋都城汴京。

⑤鷓鴣：鳥名，鳴聲悲切。

## 解讀

這首〈菩薩蠻〉是宋詞名篇中的後起之秀。此詞在清代以前影響很小，只被明人唱和過一次，分別入選過一種宋代選本、六種明代選本，宋金、元明期各被評點過一次，所有指標皆在同期平均數以下。但到了清代，情況有所好轉，共被評點九次，比平均評點數高出五．五次，甚至還被譽為「古今讓其獨步」（陳廷焯）的佳作；選本入選七種，比元明有所提高。但客觀而言，這些成績還不足以使其排名第十八位，甚至還不能躋身前一百名。

二十世紀以來，愛國之詞大放異彩，這首〈菩薩蠻〉才隨之聲名大增，排名也大大提前。首先，現當代的研究型讀者給予了這首詞極大關注。眾多的研究文章，從各個側面對其進行解析，共有三十三篇文章發表，列單項第十位。這是一個驕人的成績，也為這首詞的最終排名立下了頭功。其次，在二十世紀普通大眾讀者中，這首詞的知名度也不小。入選的歷代五十四種選本中，有四十種是現當代選本，高出平均入選數十五次，對提高這首詞的影響力意義重大。總之，通過現當代選家和研究者的努力，這首「忠憤之氣，拂拂指端」的詞作終於抖落了身上的塵埃，煥發

青山遮不住。畢竟東流去。

出蓬勃的藝術生命力。

至於排名在五十名之後的唱和與網路連結兩項，或影響群體有限，或影響時間短暫，權重設置也都比較小（分別為百分之十和百分之五），故沒有對此詞的總體排名造成太大的負面影響。

宋詞排行榜

# 第19名　蘭陵王

柳

周邦彥

【排行指標】

歷代選本入選次數：六三　在一〇〇篇中排名：一一

歷代評點次數：二三　在一〇〇篇中排名：一五

唱和次數：一四　在一〇〇篇中排名：一三

當代研究文章篇數：一七　在一〇〇篇中排名：二三

網路連結文章篇數：二一五九〇　在一〇〇篇中排名：六六

**綜合分值：六．一二**　**總排名：一九**

柳陰直。煙裡絲絲弄碧。隋堤上、曾見幾番①，拂水飄綿送行色。登臨望故國。誰識。京華倦客。長亭路，年去歲來，應折柔條過千尺。

閑尋舊蹤跡。又酒趁哀弦，燈照離席。梨花榆火催寒食②。愁一箭風快，半篙波暖，回頭迢遞便數驛。望人在天北。

淒惻。恨堆積。漸別浦縈回③，津堠岑寂④。斜陽冉冉春無極。念月榭攜手，露橋聞笛。沉思前事，似夢裡，淚暗滴。

【注釋】

①隋堤：隋煬帝開通濟渠、邗溝，旁築御道，並植楊柳，後人謂之隋堤。此指汴水一帶的河堤。

②寒食：即寒食節，在清明節前一二日。是日禁火，冷食，節後改取新火。唐宋時，朝廷有在清明日以榆、柳之火賜百官的做法。

③別浦：送別的河岸。浦，河流入江海處。

④津堠：渡口的土堡或望樓。岑寂：高而靜。亦泛指寂靜。

## 解讀

關於這首詞的來由，有一個頗為人津津樂道的故事。傳說一代才子詞人周邦彥和京城名妓李師師相好，並為此得罪了也與李師師相好的當朝皇帝宋徽宗。吃醋的宋徽宗大為震怒，就想了一個釜底抽薪的法子，把周邦彥遠遠地貶出京城。周邦彥臨被押出京城時，多情的李師師前來相送，周邦彥就寫了這首〈蘭陵王．柳〉贈別。不久，徽宗皇帝從李師師口中聽到此詞，又憐才之意大發，把周邦彥召回，並任命為大晟樂正。禍福遷移，竟全繫於一詞！此事真耶否耶？近人王國維經過考證，說這個風流故事純系後人的浪漫附會。而之前，人們還是頗以此事為真的，總愛把此詞和周、李、趙三人聯結在一起。又是帝王，又是才子，又是佳人，再加上此詞固有的藝術魅力，使其在評點榜上人氣頗旺。僅《唐宋詞彙評》中，收錄的歷代文人評點就有二十二次，列評點榜第十五位，影響很大。

這首詞不僅得到了評點家的垂青，文人唱和榜上，成績也非常突出，共被唱和過十四次，列

長亭路，年去歲來，應折柔條過千尺。

單榜第十三位。選本入選榜上，此詞在各個時期的入選數也全面超過了平均入選率，以六十三次的總入選數——僅比周詞入選冠軍〈六醜．薔薇謝後作〉少一次——列單榜第二十一位。另外，與周詞總體上在二十世紀研究型讀者中頗受冷遇的情況不同，這首詞共贏得了十七篇研究專文的眷顧，列單項榜第二十三位。可見，這首〈蘭陵王．柳〉確是周詞中少見的得到了古今讀者普遍喜愛的一首詞。

總觀排行榜，除了影響權重較小的網路連結排名第六十六位，成績相對落後外，其他四項均排名二十位左右。最終，此詞列在了宋詞排行榜的第十九位。

宋詞排行榜

# 第20名　踏莎行

郴州旅舍①

秦觀

**【排行指標】**

歷代選本入選次數：六九　在一〇〇篇中排名：一一

歷代評點次數：二〇　在一〇〇篇中排名：二四

唱和次數：五　在一〇〇篇中排名：三七

當代研究文章篇數：二一　在一〇〇篇中排名：一七

網路連結文章篇數：三四九〇〇　在一〇〇篇中排名：四一

**綜合分值：五・八七　總排名：二〇**

宋詞排行榜

# 第21名　漁家傲

范仲淹

【排行指標】

歷代選本入選次數：七二　在一〇〇篇中排名：八

歷代評點次數：一〇　在一〇〇篇中排名：六六

唱和次數：二　在一〇〇篇中排名：六三

當代研究文章篇數：二八　在一〇〇篇中排名：一一

網路連結文章篇數：四三九〇〇　在一〇〇篇中排名：三六

**綜合分值：五．八一　總排名：二一**

塞下秋來風景異①。衡陽雁去無留意②。四面邊聲連角起③。千嶂裡④。長煙落日孤城閉。

濁酒一杯家萬里。燕然未勒歸無計⑤。羌管悠悠霜滿地⑥。人不寐。將軍白髮征夫淚。

【注釋】

①塞下：指西北邊地的駐防要塞。
②衡陽雁去：傳說北雁南來衡陽過冬，來年春暖北歸。衡陽，今湖南衡陽。
③邊聲：邊地的各種聲響。
④嶂：高峻如屏障的山峰。
⑤「燕然」句：用東漢竇憲領兵出塞，大破北匈奴，登燕然山，刻石紀功而還的典故。燕然，今蒙古人民共和國境內的杭愛山。勒，刻。
⑥羌管：羌笛。

## 解讀

我們今天看來完全屬於高雅文學的宋詞，北宋初期卻被視為「末技」、「小道」，難登大雅之堂。那時候依曲填詞大多是為了娛賓遣興，歌詞裡唱的也大都是風花雪月、相思離愁。相比之下，這首〈漁家傲〉在當時的詞壇可謂獨樹一幟。

這首詞作於仁宗慶曆元年（一〇四一）前後，作者當時任宋廷西北邊帥，擔當抵禦西夏侵擾的重任。詞中境界闊大，格調蒼涼，將士們抵抗侵略、以身許國的悲壯形象尤顯突出。「燕然未勒歸無計」，僅此句所潛含的勒石燕然的英雄氣概，就足以使此詞傳諸後世，更何況它還有別開詞壇新面的歷史功績。

千百年來，此詞的生命力可謂旺盛。除了在評點榜、唱和榜上排名第六十六和六十三位，名次較為靠後外，其他幾項都成績不俗。首先，在選本入選項上，其共入選了歷代七十二種選本，列單項第八位。其次，在現當代愛國詩詞大放光芒的時候，它也以二十八篇研究文章，居單榜第十一位，大大提高了它在後世的影響力。最後，在新時代的網路上，其連結數也超過了四萬篇次，排名第三十六位。

可惜，這類沉雄有力的詞章在當時實在是太少了。但也正因為其少，才愈見出其獨有的價值來。

千嶂裡。長煙落日孤城閉。

宋詞排行榜

# 第22名　天仙子

張先

【排行指標】

歷代選本入選次數：六五　在一〇〇篇中排名：一六

歷代評點次數：一九　在一〇〇篇中排名：二七

唱和次數：四　在一〇〇篇中排名：四六

當代研究文章篇數：九　在一〇〇篇中排名：四四

網路連結文章篇數：一〇五八〇〇　在一〇〇篇中排名：一三

**綜合分值：五．三三　總排名：二二**

時為嘉禾小倅①，以病眠不赴府會。

〈水調〉數聲持酒聽②。午醉醒來愁未醒。送春春去幾時回，臨晚鏡。傷流景③。往事後期空記省④。

沙上並禽池上瞑⑤。雲破月來花弄影。重重簾幕密遮燈，風不定。人初靜。明日落紅應滿徑。

【注釋】

①嘉禾：秀州別稱，治所在今浙江嘉興。倅：副職。宋仁宗慶曆三年（一〇四三）春，張先為秀州判官。

②〈水調〉：曲調名，相傳為隋煬帝楊廣所制，唐宋時十分流行。

③流景：如水流逝的光陰。

④記省：清楚地記得。省，清楚，明白。

⑤並禽：成對的禽鳥，多指鴛鴦。

## 解讀

張先雅稱「張三影」。三影之中，這首〈天仙子〉詞中的「雲破月來花弄影」最為有名，時人宋祁就逕呼詞人為「雲破月來花弄影郎中」，明人卓人月也說：「張先以『三影』名者，……以『雲破月來花弄影』為最。」《至元嘉禾志》卷九還載，在這首詞的誕生地嘉禾，有一亭名「花月亭」，又名「來月亭」，取的就是「雲破月來花弄影」的句意。

近人王國維更是別具隻眼，他從人所共稱的「影」字中跳出，獨稱一「弄」字，說「著一『弄』字，而境界全出矣」。確實，「弄」字一出，花、月、雲、影剎那間便都有了生機和光彩。

天雲開處，月兒明，花兒顫，疏影出，真個是「繪影繪色」的「神來之筆」！而又不見雕琢之痕，乃是「自然韻高」。更為難得的是，這精美的詞句還讓我們從傷春之愁中領略到了一份欣悅美感，感受到了天地之間倏然現出的一種靈動與美麗。

一句「雲破月來花弄影」所產生的強大效應力，在很大程度上奠定了這首詞的經典地位。歷代的文人評點，也都毫不吝嗇對此句大加讚賞。評點榜第二十七位的排名，十九次的古今評點，為這首詞贏得了相當大的聲譽。入選歷代六十五種選本，單項第十六名的好成績，更是直接成就了這首詞的高位排名。其中，明代還以二十次的入選數，列此期單榜的第三位！另外，其在當代網路上也成績不俗，連結數達到了十餘萬篇次，列此項的第十三名。可見，古往今來，這首詞在大眾讀者中的影響都非常廣泛。

還需要提及的是，「三影」中的另二「影」分

雲破月來花弄影

寶釵分①，桃葉渡②。煙柳暗南浦③。怕上層樓，十日九風雨。斷腸片片飛紅，都無人管，倩誰喚、流鶯聲住。

鬢邊覷。試把花卜心期，才簪又重數。羅帳燈昏，嗚咽夢中語。是他春帶愁來，春歸何處。卻不解、將愁歸去。

【注釋】

①寶釵分：釵分兩股，古時夫婦或情人分別時，常各執一股作為紀念。

②桃葉渡：古渡口名，在今南京秦淮河與古青溪水道合流處附近。相傳因晉王獻之在此送別愛妾桃葉而得名。

③南浦：語出屈原《楚辭．九歌．河伯》：「送美人兮南浦。」後遂常用以稱送別之地。浦，水邊。

## 解讀

這是辛棄疾詞中少有的一首「溫柔纏綿，一往情深」的詞作。也許是因為少而珍貴吧，相對於辛棄疾那些金戈鐵馬、扼腕悲憤的英雄之詞，這首「昵狎溫柔，魂銷意盡」的佳作受到了批評型讀者的格外關注。反映到排行指標上，此詞獲得了歷代評點二十二次，列單榜第十五位。辛詞中，除了被楊慎稱為壓卷之作、宋詞排行榜排名第六的〈永遇樂．京口北固亭懷古〉外，還沒有哪一首能在評點榜上超過它。這是此詞宋詞排行榜排名能列第二十三位最關鍵的因素。

看排行榜，這首詞的經典地位主要是由古代的讀者成就的。除其在上述以古代讀者為主的評點榜上聲名頗著外，唱和榜上，它也以十首唱和之作，列單榜第十九位。至於影響最大的入選項，其一共入選了六十三種選本，排名第二十一位，也是不俗的成績。特別是在古代，宋時四大選本有三種選入，元明二十二種選本中有二十種選入，清代二十一種選本中有十三種選入，都遠遠超出各期的平均入選數，分別列各期單項榜的第一、第三、第三位，傳播力度要高出現當代許多（現當代六十種選本中只有二十七種選入，僅達到百首名篇的平均水準）。

造成這種反差的原因其實並不難理解，古尚婉約，今崇豪放，尤其崇尚激越雄放的愛國詞，這首婉約之作的光亮自然就會減弱不少。二十世紀的研究論文僅有二篇，列單榜第七十九位，也同樣說明了這個問題。

寶釵分，桃葉渡。煙柳暗南浦。

究專文，分別列單榜第三十九和四十四位，指數雖然稍低，但也終不出前五十名之外。最終，這首詞排在了宋詞排行榜的第二十四位。

時見幽人獨往來，縹緲孤鴻影。

宋詞排行榜

# 第25名

# 綺羅香

詠春雨

史達祖

【排行指標】

歷代選本入選次數：五九

歷代評點次數：二八

唱和次數：五

當代研究文章篇數：〇

網路連結文章篇數：五九五五〇

**綜合分值：五・一一**

在一〇〇篇中排名：二五

在一〇〇篇中排名：六

在一〇〇篇中排名：三七

在一〇〇篇中排名：九二

在一〇〇篇中排名：二七

**總排名：二五**

做冷欺花，將煙困柳，千里偷催春暮。盡日冥迷，愁裡欲飛還住。驚粉重、蝶宿西園，喜泥潤、燕歸南浦。最妨它、佳約風流，鈿車不到杜陵路①。

沉沉江上望極，還被春潮晚急，難尋官渡②。隱約遙峰，和淚謝娘眉嫵③。臨斷岸、新綠生時，是落紅、帶愁流處。記當日、門掩梨花，剪燈深夜語④。

【注釋】

①鈿車：用金銀珠寶嵌飾的車子，古時常為貴族婦女所乘。鈿，把金銀珠寶等鑲嵌在器物上作裝飾。杜陵：在今陝西西安東南，唐宋時郊遊勝地。

②「還被」二句：化用韋應物〈滁州西澗〉「春潮帶雨晚來急，野渡無人舟自橫」詩意。官渡，官設的渡口，此亦指渡船。

③謝娘：唐代李德裕有歌妓謝秋娘，後常以泛指歌妓。

④「記當日」二句：化用秦觀「雨打梨花深閉門」詞意，及李商隱「何當共剪西窗燭，卻話巴山夜雨時」詩意。

**解讀**

史達祖不愧是詠物高手，詞筆所至處，即可成詞壇絕調。這首詠春雨的詞作整篇都看不到一個「雨」字，卻能妙傳春雨之神、妙攝春雨之魄，並能巧妙地將懷人之思與傷春之意融於其中。南宋著名詞人兼詞評家張炎品評這首詞說：「此篇全章精粹，所詠了然在目，且不留滯於物。」確是中肯之論。此詞高超的藝術表現手法贏得了歷代許多文人的由衷歎賞。明代大才子楊慎就認為開篇「做冷欺花，將煙困柳」二句，將「春雨神色」拈出。清人陳廷焯也評價整首詞「淒警特絕」。到了近代，詞學大師吳梅認為詞中「驚粉重」和「臨斷岸」句皆是「詞中妙語」，梁啟勳認為「臨斷岸」句能「攝春雨之魂」，俞陛雲認為末句寫「門掩梨花」深具「點染生姿，餘音繞梁」之美。表現在排行榜上，從宋至今，此詞共有二十八次評點，排單項榜第六位，直接促成了這首詞在宋詞排行榜上的高位排名。

但與此形成明顯反差的是，二十世紀的研究型讀者對它的關注甚少，研究文章數為〇；現當代的六十種選本也只有二十二種選入，此二項在很大程度上降低了這首詞的綜合影響力。不過，古今五十九次的選本入選總數，還是使得這首詞在入選榜上排在了第二十五位，且與宋詞排行榜排名的第二十五位相吻合。兩個「第二十五位」，也許並不完全是一種巧合吧。

宋詞排行榜

# 第26名

# 鵲橋仙

秦觀

【排行指標】

歷代選本入選次數：六八　在一〇〇篇中排名：一二

歷代評點次數：五　在一〇〇篇中排名：八七

唱和次數：四　在一〇〇篇中排名：四六

當代研究文章篇數：一一　在一〇〇篇中排名：三六

網路連結文章篇數：一六六八〇〇　在一〇〇篇中排名：五

**綜合分值：五·一〇　總排名：二六**

纖雲弄巧①，飛星傳恨，銀漢迢迢暗度②。金風玉露一相逢③，便勝卻、人間無數。

柔情似水，佳期如夢，忍顧鵲橋歸路④。兩情若是久長時，又豈在、朝朝暮暮。

**【注釋】**

①纖雲弄巧：纖雲美麗變幻，好像織女巧手織出的錦衣。

②銀漢：銀河，天河。

③金風：秋風。秋在五行中屬金，故稱。

④忍：怎忍，不忍。

## 解讀

一年分離只換得一夕相聚，鵲橋相會的故事總能引起人們無限的感慨。然而，秦觀的這首〈鵲橋仙〉卻能別出心裁，引導人們透過感慨一層，從更深的層次上理解這個故事的涵義。「兩情若是久長時，又豈在、朝朝暮暮！」這裡，不僅有對人們感傷心理的安頓撫慰，更有對愛情內質、幸福真諦的解讀與讚美，境界頓開，高意頓顯。

因為表意的顯豁，歷代文人對這首詞的評點並不多，只有五次，但評價都相當高。如明代的李攀龍就說這首詞「最能醒人心目」，沈際飛也說這首詞「獨謂情長不在朝暮，化臭腐為神奇」，近人俞陛雲更引夏閏庵語說：「七夕詞最難作，宋人賦此者，佳作極少，惟少游一詞可觀。」

天長地久的愛情總能讓人為之感動。這首詞不僅得到了詞評家們的極力稱讚，還受到了無數普通大眾讀者的歡迎，說其是人們耳熟能詳的名篇，是一點也不為過的。看排行資料，最引人注目的選本入選項上，這首詞共入選了歷代六十八種選本，列單榜第十二位，一舉奠定了其在宋詞排行榜上的高位排名。

「只求曾經擁有，不求天長地久。」這是今天人們的愛情流行語。但即便如此，忠貞不渝、天長地久的浪漫愛情，仍然是人們心中懷有的美好願望。反映在排行資料上，現當代不僅有四十一種選本選錄此詞，當代網路上，它也以近十七萬篇次的連結文章列單榜第五位，超過了許多總榜名次靠前的經典名篇。在秦觀，這是應該感到非常欣慰的。

宋詞排行榜

# 第27名 蝶戀花

歐陽修

**【排行指標】**

歷代選本入選次數：五八
在一〇〇篇中排名：二六

歷代評點次數：二四
在一〇〇篇中排名：八

唱和次數：三
在一〇〇篇中排名：五五

當代研究文章篇數：五
在一〇〇篇中排名：五七

網路連結文章篇數：六四八五〇
在一〇〇篇中排名：二四

**綜合分值：五・〇五**
**總排名：二七**

庭院深深深幾許。楊柳堆煙，簾幕無重數。玉勒雕鞍遊冶處①。樓高不見章台路②。

雨橫風狂三月暮。門掩黃昏，無計留春住。淚眼問花花不語，亂紅飛過秋千去。

【注釋】

①玉勒雕鞍：飾玉的馬勒、雕飾的馬鞍，代指華貴車馬。勒，帶嚼子的馬籠頭。遊冶：追求聲色，尋歡作樂。

②章台：泛指妓院聚集之地。

## 解讀

這是一首存在著作者署名權問題的作品。有人認為是歐陽修所作，有人則認為是馮延巳的作品，爭議頗大。但爭論歸爭論，此詞的經典地位並沒有因此而受到影響。其造語之新、情感之深、意境之美，折服了古今無數讀者，並最終使其排在較為宋詞排行榜靠前的第二十七位。

首先，首句「深深深」三疊字的妙用歷來受人讚賞，並由此直接促成了創作型讀者的追和效仿。如李清照就寫了好幾首以「庭院深深深幾許」起首的〈臨江仙〉詞。歷代文人評點也總愛拈出此三疊字，說它「最新奇」、「妙甚」，等等。

其次，結尾處「淚眼問花花不語，亂紅飛過秋千去」二句，被評點家視為語意渾成的範例。清人毛先舒就詳細分析說：「『淚眼問花花不語，亂紅飛過秋千去。』此可謂層深而渾成。何也？

因花而有淚，此一層意也；因淚而問花，此一層意也；花竟不語，此一層意也；不但不語，且又亂落，飛過秋千，此一層意也。人愈傷心，花愈惱人，語愈淺而意愈入，又絕無刻畫費力之跡，謂非層深而渾成耶？」

再次，這又是一首哀怨動人的淒婉詞章。試想，古時曾有多少美麗的生命像詞中女子那樣，黯然凋謝在深深庭院中、幽幽深閨處？勿怪乎陳廷焯讀後感慨道：「試想千古有情人讀至結處，無不淚下。絕世至文。」一片哀怨之情，直使千古共感。

統計資料中，歷代文人共有二十四次評點，列單項第八位。僅此項所產生的強大影響力，就足可使此詞馳騁詞壇，排名高位。另外，選本入選榜上，其以入選五十八次的成績列第二十六位；當代網路上，也以六萬餘次的連結數列第二十四位，助推作用都不小。雖然歷代唱和和當代研究文章兩項成績不佳，但並沒有影響到這首詞的總體排名。

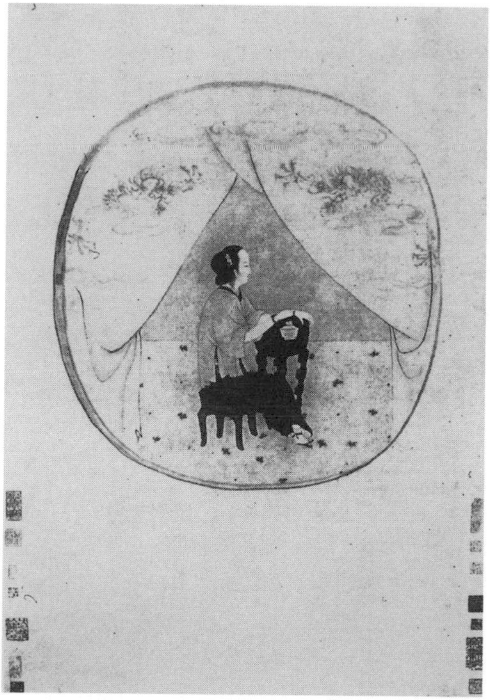

庭院深深深幾許

宋詞排行榜

# 第28名

# 六醜

薔薇謝後作

周邦彥

**【排行指標】**

歷代選本入選次數：六四　在一〇〇篇中排名：一七

歷代評點次數：二九　在一〇〇篇中排名：四

唱和次數：六　在一〇〇篇中排名：三三

當代研究文章篇數：七　在一〇〇篇中排名：五二

網路連結文章篇數：九五〇〇　在一〇〇篇中排名：八七

**綜合分值：五．〇四　總排名：二八**

正單衣試酒①，悵客裡、光陰虛擲。願春暫留，春歸如過翼。一去無跡。為問花何在，夜來風雨，葬楚宮傾國②。釵鈿墮處遺香澤③。亂點桃蹊④，輕翻柳陌。多情為誰追惜。但蜂媒蝶使，時叩窗槅⑤。

東園岑寂。漸蒙籠暗碧。靜繞珍叢底，成歎息。長條故惹行客。似牽衣待話，別情無極。殘英小、強簪巾幘⑥。終不似、一朵釵頭顫嫋，向人欹側⑦。漂流處、莫趁潮汐⑧。恐斷紅、尚有相思字⑨，何由見得⑩。

【注釋】

①試酒：品嘗新釀成的酒。宋時農曆三四月間有品嘗新酒的習俗。

②楚宮傾國：楚國宮中美女，此處代指薔薇花。

③釵鈿：此喻薔薇花瓣。鈿，古代一種嵌金花的首飾。

④桃蹊：桃樹下的小路。蹊，小路。

⑤槅：門窗上用木條做成的格子。

⑥幘：頭巾。

⑦欹：傾斜。

⑧趁：逐。

⑨「恐斷紅」句：化用唐代「紅葉題詩」故事。盧渥曾於御溝中拾一紅葉，上有題詩，後得一宮女，正是題詩者。

⑩何由見得：即「何由得見」。

## 解讀

列宋詞排行榜第二十八位的這首〈六醜．薔薇謝後作〉，是詠物詞中的名篇，也是一首充分展示周邦彥音樂才華和詩思才情的名作。

〈六醜〉詞調為周邦彥所創制。對於「六醜」名稱的由來，據說詞人曾解釋說：「此犯六調，皆聲之美者，然絕難歌。昔高陽氏有子六人，才而醜，故以比。」所謂「犯六調」，就是將六個不同宮調的唱段融合在一個詞調中，故非有精深的音樂造詣是絕難做到的。作起來難，唱起來就更難，所謂「絕難歌」者是也。

周邦彥不僅是音樂名家，也是詠物高手。這首詞詠薔薇謝後情形，確實達到了曲盡其妙的地步。而且，詞中的羈旅滄桑之慨直與物化，妙絕之處，花、人一體，被清代著名的詞評家陳廷焯盛讚為「詞中之聖也」。正因如此，這首詞贏得了歷代批評型讀者近乎崇拜的稱譽，《唐宋詞彙評》收錄的二十九次評點就全部是讚美性的。評點榜列第四位，這在總名次排在二十位之後的全部宋詞作品中，是單項排名最高的。這是此詞強大生命力的集中體現，也是其最終排名居前的最為關鍵的因素。

除歷代文士對此詞推重備至外，其在大眾讀者中的影響也不小。選本入選榜上，它以六十四

為問花何在，夜來風雨，葬楚宮傾國。

次的入選總數排第十七位，成為周邦彥詞中最受選家關注的一首。其中，明清兩代的關注度最高，分別入選了二十一種明代選本，列同期單榜第二位；十三種清代選本，列同期單榜第三位。這樣的成績，是頗為令人驚訝的。

但到了現當代，這首詞的影響力卻是越來越小了。二十世紀的研究文章項中，它還能排在第五十二位。而到了二十一世紀，它在網路上的影響就越加沉寂起來，僅排名第八十七位。這無疑大大削弱了歷代詞評家和選家為其營造的巨大聲勢，與岳飛的〈滿江紅〉等詞在古今的影響相比，恰成一明顯的反差。但經典歷程不同，卻不影響它們的經典地位。

宋詞排行榜

# 第29名　滿庭芳

秦觀

【排行指標】

歷代選本入選次數：六六　在一〇〇篇中排名：一五

歷代評點次數：二三　在一〇〇篇中排名：一二

唱和次數：一　在一〇〇篇中排名：六六

當代研究文章篇數：八　在一〇〇篇中排名：四八

網路連結文章篇數：八九三五四　在一〇〇篇中排名：二〇

**綜合分值：五．〇三**　**總排名：二九**

山抹微雲，天連衰草，畫角聲斷譙門①。暫停征棹，聊共引離尊。多少蓬萊舊事②，空回首、煙靄紛紛。斜陽外，寒鴉萬點，流水繞孤村。

消魂。當此際，香囊暗解，羅帶輕分。謾贏得、青樓薄倖名存③。此去何時見也，襟袖上、空惹啼痕。傷情處，高城望斷，燈火已黃昏。

【注釋】

①畫角：古代樂器名，其聲哀厲高亢。譙門：設有望樓的城門。譙，城門上的望樓。

②蓬萊舊事：指情愛往事。蓬萊，古代傳說中的神山，亦常泛指仙境。

③「謾贏得」句：化用杜牧「十年一覺揚州夢，贏得青樓薄倖名」詩意。謾，徒然。薄倖，薄情。

## 解讀

這首〈滿庭芳〉，一開篇就讓人驚豔不已。「山抹微雲」是宋詞中廣為流傳的名句，詞人也因此獲得了「山抹微雲秦學士」的雅號。據說，秦觀的女婿范溫也曾以「山抹微雲女婿」自誇，並頗在人前長了幾分志氣。

秦觀特別善於創制名句，也善於化用前人的詩句。如詞中的「斜陽外，寒鴉萬點，流水繞孤村」，就是從隋煬帝「寒鴉千萬點，流水繞孤村」的詩句中脫化而來的，而妙處又絕勝之，以至於晁補之稱其為「雖不識字人」也知曉的「天生好言語」。

名句的巨大效應，使得歷代的評點者為這首詞奉獻了二十三次的好評。相對於第二十九位的宋詞排行榜排名而言，評點榜第十二位的名次是非常突出的。

在大眾讀者群中，這首感情深摯的傷離詞也一直有著很高的知名度。據說，宋時杭州西湖邊上，曾有一人閒唱〈滿庭芳〉，卻偶將詞中的「畫角聲斷譙門」句錯唱為「畫角聲斷斜陽」。時恰有一妓在旁彈琴，隨即指出了他的錯誤。閒來隨口哼唱，稍錯即被人指出，可見人們對這首詞的熟悉和喜愛到了何種程度。

在選本入選項中，此詞的入選率也非常高，共被六十五種古今選本選錄，列單榜第十五位。當代網路上，也以近九萬篇次的連結數排名第二十位。這兩項指標，都高於它的宋詞排行榜排名。

相比之下，歷代唱和與當代研究文章兩項成績不太好。但名篇就是名篇，其地位並沒有因此而受到影響。

傷情處，高城望斷，燈火已黃昏。

宋詞排行榜

# 第30名　一剪梅

李清照

【排行指標】

歷代選本入選次數：五一　在一〇〇篇中排名：三八

歷代評點次數：一八　在一〇〇篇中排名：二八

唱和次數：七　在一〇〇篇中排名：二八

當代研究文章篇數：五　在一〇〇篇中排名：五七

網路連結文章篇數：九七二〇〇　在一〇〇篇中排名：三〇

**綜合分值：五．〇二　總排名：三〇**

紅藕香殘玉簟秋①。輕解羅裳②，獨上蘭舟。雲中誰寄錦書來，雁字回時，月滿西樓。

花自飄零水自流。一種相思，兩處閒愁。此情無計可消除，才下眉頭，卻上心頭③。

【注釋】

①簟：竹席。

②羅裳：猶羅裙。裳，下衣。

③「才下眉頭」二句：化用范仲淹詞「都來此事，眉間心上，無計相迴避」句意。卻，又，再。

**解讀**

李清照不愧是填詞高手。相思離別，千古一情，但在她的筆下，卻韻致天然，魅力獨具。

詞中，「紅藕香殘玉簟秋」、「雁字回時，月滿西樓」，意境是多麼美妙，筆觸是多麼動人！「輕解羅裳，獨上蘭舟」、「一種相思，兩處閒愁」、「才下眉頭，卻上心頭」，語言又多麼明瞭，表意又多麼別致！這樣的詞筆流瀉出的真情告白，才不會隨著時間的流逝而褪色，反而會歷時愈久，其韻

尤長，其味愈足。

歷來文人少有不服膺李清照的詞才的。排行榜上，此詞共被評點十八次，唱和七次，都排在第二十八位。可見其在批評型和創作型讀者中的影響。

選本入選項上，這首詞排名第三十七位，共被五十一種古今選本選錄。而且，除清代二十一種選本入選六次，入選率較低以外，其他各代入選率都非常高。尤其在明代，二十二種選本全部選錄，榮獲此期入選榜的冠軍。在代表當代大眾讀者審美取向的網路上，這首詞的連結數也達到了近十萬篇次，列單榜第十六位。可見，這首飽含著「此情無計可消除」的深摯思念的作品，在大眾讀者中是引起了廣泛共鳴的。

只是當代研究文章五篇，僅排名第五十七位，似乎約略讓詞人有些難為情。但詞人也一定明白，她這些韻致天然的作品，是本不用研究者們花大心思來寫洋洋長篇的學術論文的。

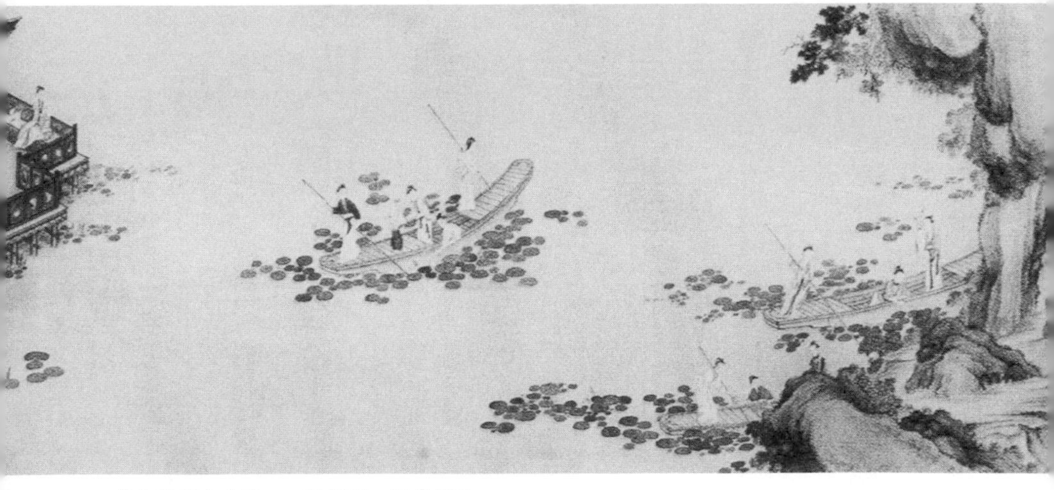

花自飄零水自流。一種相思，兩處閒愁。

宋詞排行榜

# 第31名　鳳凰台上憶吹簫

李清照

【排行指標】

歷代選本入選次數：五五　　在一〇〇篇中排名：三一
歷代評點次數：二〇　　在一〇〇篇中排名：二四
唱和次數：一八　　在一〇〇篇中排名：九
當代研究文章篇數：四　　在一〇〇篇中排名：六〇
網路連結文章篇數：二六四〇〇　　在一〇〇篇中排名：五七
**綜合分值：四・九七**　　**總排名：三一**

香冷金猊①，被翻紅浪，起來慵自梳頭。任寶奩塵滿，日上簾鉤。生怕離懷別苦，多少事、欲說還休。新來瘦，非干病酒，不是悲秋。

休休。這回去也，千萬遍〈陽關〉②，也則難留。念武陵人遠③，煙鎖秦樓④。惟有樓前流水，應念我、終日凝眸。凝眸處，從今又添，一段新愁。

【注釋】

①金猊：一種狻猊形爐蓋的銅製香爐。猊，狻猊，獅子。

②〈陽關〉：古送別曲〈陽關三疊〉的省稱。亦泛指離別時所唱歌曲。

③武陵人遠：謂丈夫不在身邊。此用劉晨、阮肇天台山遇仙，半年後還鄉，子孫已歷七世。二人再入天台則仙人仙境皆無蹤影故事。

④秦樓：秦穆公女弄玉好樂，蕭史善吹簫作鳳鳴，穆公遂以女妻之，並為之建鳳樓。此指詞人居所。

## 解讀

「黯然銷魂者，唯別而已矣。」李清照的這首〈鳳凰台上憶吹簫〉，訴說的就是這樣一種黯然銷魂的「離懷別苦」。詞中，作者用憂傷哀怨之筆曲折含蓄地記述了她和丈夫趙明誠的一次分別，將一片癡情融化詞中，奉獻了宋詞苑中的又一朵奇葩。

這是一首充滿才情的作品，在古代創作型和批評型讀者中，都有巨大影響。唱和榜上，古代文人共效仿追和十八次，列第九位；評點榜上，歷代文人共評點二十次，列第二十四位。這兩項成績對其最終登上宋詞排行榜第三十一位，有著決定性的意義。

一份詞才，再加上一種癡情，此詞也同時激發了詞選家向大眾讀者大力推介的熱情。歷代共有五十五種選本選錄此詞，列單榜第三十一位，使大量的普通讀者有機會接觸這首名作，一同感受作品中漾溢的幽美情思。

不過，相對於李清照的其他名作，這首詞在現當代的影響力較弱。當代網路和二十世紀詞學研究兩項對它的關注度都不太夠，分別列單榜的第五十七和六十位。當代的詞選選本也僅選錄二十次，低於百首名篇的平均入選率。也許是因為「香冷金猊」、「武陵人遠」、「煙鎖秦樓」一類的情境和典故，造成了作品和當代讀者之間的某種隔膜吧。

香冷金猊，被翻紅浪，起來慵自梳頭。

宋詞排行榜

# 第32名　蘇幕遮

范仲淹

**【排行指標】**

歷代選本入選次數：六四　在一〇〇篇中排名：一七

歷代評點次數：一一　在一〇〇篇中排名：五八

唱和次數：七　在一〇〇篇中排名：二八

當代研究文章篇數：一〇　在一〇〇篇中排名：三九

網路連結文章篇數：五五五〇〇　在一〇〇篇中排名：二八

**綜合分值：四・九七　總排名：三二**

碧雲天，黃葉地。秋色連波，波上寒煙翠。山映斜陽天接水。芳草無情，更在斜陽外。

黯鄉魂，追旅思①。夜夜除非，好夢留人睡。明月樓高休獨倚。酒入愁腸，化作相思淚。

【注釋】

①「黯鄉魂」二句：意謂魂繫故鄉，神情黯然；他鄉羈旅，愁思縈懷。黯，神情悽愴貌。追，這裡有緊隨、纏繞的意思。

## 解讀

這首〈蘇幕遮〉是一首盡顯相思柔情的作品。與此形成巨大反差的是，其作者竟是這樣一位人物：他是一位統帥，在北宋王朝的西北邊塞叱吒風雲，令虎視眈眈的西夏人聞風喪膽，當時邊塞就流傳有「軍中有一范，西賊聞之驚破膽」的歌謠；他又是一位政治家，是北宋慶曆新政的宣導者和領導者，他「居廟堂之高則憂其民，處江湖之遠則憂其君」，將「先天下之憂而憂，後天下之樂而樂」作為他終身踐行的信條。

一代名臣，德高望重，正氣浩然，卻能寫出這樣的婉約之作，確實彌足珍貴。歷代文人評點中，也大都提到了這一點。評點榜上，此詞名列第五十八位，影響力雖不算很大，但十一次評點都是讚美性的，如明人卓人月就稱讚它「不厭百回讀」，為其爭得了良好的詞壇聲譽。

其他項上，此詞的成績也都不俗。唱和榜上，歷代共有七次唱和，列單榜第二十八位；當代網路連結數也達到了五萬餘次，同樣名列第二十八位。在大眾讀者中，此詞受歡迎的程度更高，共入選了六十四種古今選本，列單榜第十七位。這三項指標相擁相簇，大大提升了此詞的綜合實力，並最終使其登上了宋詞排行榜的第三十二位。

而且在題材和手法上都有重要的開拓性貢獻。

此詞在問世之初，就深為人們所歎賞。據說，「金陵懷古，諸公寄調〈桂枝香〉者三十餘家，惟王介甫為絕唱」。後來蘇軾看到這首詞，也大為感歎道：「此老乃野狐精也。」其在當時影響之大，由此可知。

排行榜上，此詞只歷代評點數較低，列單榜第八十五位。其他各項，均有良好的表現。首先，它是文人頗愛效仿的詞作之一，從宋至清順康期，先後有十一人次追和，列單榜第十六位。其次，選本入選榜上，從宋至今，它始終是選家關注的作品，共入選了古今七十八種選本，列單榜第六位；特別是元明時期，它還以二十一次的成績排到了百首宋詞的第二位！僅此兩項成績，就足以使其成為千古不朽之作。

同時，在現當代詞學研究和網路傳播兩項，這首詞的成績也不錯，都排到了三十幾位。可見，時至千百年後的今天，這首詞仍然是人們心中當之無愧的經典名篇。

宋詞排行榜

# 第34名　瑞龍吟

周邦彥

**【排行指標】**

歷代選本入選次數：四六　在一〇〇篇中排名：四八

歷代評點次數：二二　在一〇〇篇中排名：一五

唱和次數：一〇　在一〇〇篇中排名：一九

當代研究文章篇數：四　在一〇〇篇中排名：六〇

網路連結文章篇數：一四六一〇　在一〇〇篇中排名：七五

**綜合分值：四・六九　總排名：三四**

章台路。還見褪粉梅梢，試花桃樹①。愔愔坊陌人家②，定巢燕子，歸來舊處。

黯凝佇。因念個人癡小，乍窺門戶③。侵晨淺約宮黃④，障風映袖，盈盈笑語。

前度劉郎重到⑤，訪鄰尋里，同時歌舞。唯有舊家秋娘⑥，聲價如故。吟箋賦筆⑦，猶記燕台句⑧。知誰伴、名園露飲，東城閒步。事與孤鴻去⑨。探春盡是，傷離意緒。官柳低金縷⑩。歸騎晚，纖纖池塘飛雨。斷腸院落，一簾風絮。

---

**【注釋】**

①試花：謂花初放。
②愔愔：幽深、悄寂貌。坊陌：指妓女居處。
③乍：初。門戶：語意雙關，指門口，亦指妓院。
④約：塗上。宮黃：古時宮中婦女額上塗飾的黃粉，後泛指婦女額妝。
⑤前度劉郎：詞人自指。語出劉禹錫詩「種桃道士歸何處，前度劉郎今又來」。又暗用東漢劉晨、阮肇天台山遇仙故事。
⑥秋娘：杜秋娘，唐代金陵名妓。後為善歌貌美歌妓的通稱。
⑦吟箋賦筆：此指詩詞作品。
⑧燕台句：唐女柳枝聽李商隱〈燕台詩〉，對李心生愛慕。但二人終未有結果。此指詞人自己所寫的曾為意中人賞識的作品。
⑨「事與」句：言人事變遷。語出杜牧詩：「恨與春草多，事與孤鴻去。」
⑩官柳：官府種植的柳樹，亦指大道上的柳樹。金縷：喻指柳絲。

## 解讀

作為一首情詞，這首〈瑞龍吟〉確如清人周濟所說：「不過桃花人面，舊曲翻新耳。」但周邦彥又能巧妙地運用時空轉換之法，讓情思穿行在過去和現在之間，將今昔之感寫得沉鬱頓挫、纏綿宛轉。同時，又能情寓景中，如結尾之處寫愁，即在一片淒迷之中，將悵然之情寫盡。於是，很多人就把這首詞看作周詞的代表作。如俞平伯就說：「此詞〈清真〉、〈片玉〉各本俱列第一，當是壓卷之作。」

在歷史流傳過程中，此詞

愔愔坊陌人家，定巢燕子，歸來舊處。

曾是各類讀者追捧的對象。創作領域，它共被歷代文人唱和十次，居唱和榜第十九位。批評領域，它以二十二次的評點數列評點榜第十五位。這兩項成績使其具備了較強的競爭力，並最終排在了宋詞排行榜的第三十四位。選本入選榜上，雖然其總體排名不太理想，但宋代四大選本有三種選入，明代二十二種選本有十五種選入，清代二十一種選本有十一種選入，都超過了各代的平均入選數。可見，在古代大眾讀者中，這首詞是廣受歡迎的。這首詞的影響，也主要在古代。

而到了現當代，這首詞的聲名卻在逐漸下降。表現在：現當代六十種選本僅有十七種選入，低於百首名篇的同期平均入選率；當代網路上的連結數也僅一萬餘篇次，列第七十五位；研究專文只有四篇，排名第六十位。古今讀者審美趣尚之不同，正可由此見出。

宋詞排行榜

# 第35名

# 滿庭芳

夏日溧水無想山作①

周邦彥

【排行指標】

歷代選本入選次數：五五　在一〇〇篇中排名：三三

歷代評點次數：二四　在一〇〇篇中排名：八

唱和次數：五　在一〇〇篇中排名：三七

當代研究文章篇數：六　在一〇〇篇中排名：五四

網路連結文章篇數：一〇〇五〇　在一〇〇篇中排名：八五

**綜合分值：四．六二　總排名：三五**

風老鶯雛，雨肥梅子，午陰嘉樹清圓。地卑山近，衣潤費爐煙②。人靜烏鳶自樂③，小橋外、新綠濺濺④。憑欄久，黃蘆苦竹，擬泛九江船⑤。

年年。如社燕，飄流瀚海，來寄修椽。且莫思身外，長近尊前⑥。憔悴江南倦客，不堪聽、急管繁弦。歌筵畔，先安簟枕，容我醉時眠。

【注釋】

①溧水：今江蘇溧水。無想山：山名，在溧水城南。

②「地卑」二句：意謂因為近山，故衣服潮潤，常需爐火、爐香烘熏。

③「人靜」句：語本杜甫詩「人靜烏鳶樂」。鳶，老鷹。

④新綠：指新漲的春水。濺濺：水流聲。

⑤「黃蘆」二句：白居易詩中有「黃蘆苦竹繞宅生」句。九江，今江西九江。

⑥「且莫」二句：化用杜甫「莫思身外無窮事，且盡生前有限杯」詩意。

## 解讀

這首〈滿庭芳〉是周邦彥展示其填詞才能的一首名作。它「多用唐人詩語，隱括入律」，而又「渾然天成」，不著痕跡。全詞有六處化用了唐人詩句，只「風老鶯雛，雨肥梅子，午陰嘉樹清圓」三句，就隱括了唐代三位大詩人的詩句：杜牧〈赴京初入汴口〉的「風蒲燕雛老」、杜甫〈陪鄭廣文遊何將軍山林〉的「紅綻雨肥梅」，以及劉禹錫〈晝居池上亭獨吟〉的「日午樹陰正」。這些詩句，作者信手拈來，略加點化，便成異彩。

這首詞不但「字法俱靈」、「妙於語言」，還能以意融貫，「以意勝，不以詞勝」，讓歷代不少文人為之俯首。

看排行資料，這確是一首相當吸引批評型讀者的詞作。僅《唐宋詞彙評》所錄，就有二十四次評點，列評點榜第八位，在各項指標中傲然挺出。能如此得歷代批評型讀者的青睞，其詞壇聲譽自然是不凡的。

其他四項指標中，除網路影響力較低外，其他各項成績都還不錯。首先，選本入選榜上，其

人靜烏鳶自樂，小橋外、新綠濺濺。

以五十五次的入選數列第三十三位，超出總體排名兩位，這說明，在普通大眾讀者中，它的知名度還是比較高的。其次，此詞又在一定程度上被視為創作的範例，歷代共有五人次追和，列單榜第三十七位。再次，相對於周邦彥其他名作在現當代普遍遭受冷遇的情況，這首詞能有六篇研究專文發表，也算是比較難得的成績。

宋詞排行榜

# 第36名　踏莎行

歐陽修

**【排行指標】**

歷代選本入選次數：六七　在一〇〇篇中排名：一三

歷代評點次數：一六　在一〇〇篇中排名：三五

唱和次數：〇　在一〇〇篇中排名：八四

當代研究文章篇數：一〇　在一〇〇篇中排名：三九

網路連結文章篇數：三三一〇〇　在一〇〇篇中排名：四四

**綜合分值：四・五六　總排名：三六**

候館梅殘①，溪橋柳細。草薰風暖搖征轡②。離愁漸遠漸無窮，迢迢不斷如春水。
寸寸柔腸，盈盈粉淚。樓高莫近危闌倚③。平蕪盡處是春山④，行人更在春山外。

【注釋】
①候館：接待過往行旅和賓客的驛館。
②薰：古書上說的一種香草，亦可泛指花草的香氣。
③危闌：高樓上的欄杆。
④平蕪：草木叢生的原野。蕪，亂草叢生的地方。

**解讀**

這是一首抒寫離別之情的名篇。劉永濟考察說：「此詞之行者，當即作者本人。」其背景是：「歐陽修因作書責高若訥不諫呂夷簡排斥孔道輔、范仲淹諸人，被高將其書呈之政府，因而被貶為夷陵令。」

一種相思，兩處離愁，遊子思婦，意遠情悠。這首詞所表現的深摯之情和高超的藝術手法，贏得了古今許多批評型讀者的稱讚。如吳梅就說：「公詞以此為最婉轉。」作為歐陽修的代表作之一，此詞既得好評又得熱評。僅《唐宋詞彙評》就錄有十六次評點，列評點榜第三十五位。另外，在二十世紀的研究榜上，此詞也以十篇研究專文列第三十九位。古今批評型讀者的高度關注，使得此詞在詞壇上始終保持著足夠的影響力。

更重要的是，此詞獲得了古今選家的特別喜愛，共入選了古今六十七種選本，列入選榜第十三位。而且，在宋、元明、清、現當代各個不同歷史時期，其入選數都在平均數之上，影響深廣。

只是在歷代唱和榜上，此詞沒有留下什麼印跡，是一個不小的遺憾。

平蕪盡處是春山，行人更在春山外。

宋詞排行榜

# 第37名　八聲甘州

柳永

**【排行指標】**

歷代選本入選次數：五七　在一〇〇篇中排名：二九

歷代評點次數：一三　在一〇〇篇中排名：五〇

唱和次數：四　在一〇〇篇中排名：四六

當代研究文章篇數：一五　在一〇〇篇中排名：三一

網路連結文章篇數：二八二〇〇　在一〇〇篇中排名：五三

**綜合分值：四．五五　總排名：三七**

對瀟瀟暮雨灑江天①，一番洗清秋。漸霜風淒緊，關河冷落②，殘照當樓。是處紅衰翠減③，苒苒物華休④。惟有長江水，無語東流。

不忍登高臨遠，望故鄉渺邈⑤，歸思難收。歎年來蹤跡，何事苦淹留⑥。想佳人、妝樓顒望⑦，誤幾回、天際識歸舟⑧。爭知我、倚闌干處⑨，正恁凝愁⑩。

【注釋】

①瀟瀟：形容雨聲、雨勢急驟。
②關：關山，關塞。
③是處：處處。
④苒苒：漸漸。物華：美好的自然景物。
⑤渺邈：渺茫遙遠。邈，遙遠。
⑥淹留：長期滯留。淹，久。
⑦顒望：凝望，癡望。顒，仰頭而望。
⑧「誤幾回」句：融合謝朓「天際識歸舟」詩意，及溫庭筠詞「過盡千帆皆不是」句意。
⑨爭知：怎知。
⑩恁：那麼，如此。

**解讀**

「凡有井水飲處，即能歌柳詞。」毫無疑問，柳永詞在宋代是受到大眾讀者普遍歡迎的。但這只是一個方面，在一些文人士大夫那裡，卻是另外一種樣子。如李清照就說柳詞「辭語塵下」，王灼也說柳詞「淺近卑俗」，雅致度不夠。即如這首〈八聲甘州〉，雖然已大為雅化了，也還是沒有得到文人雅士們的普遍認可。

排行資料也可以證實這一點。在選本入選項上，這首詞僅入選了古代選本四十五種中的十四種。特別是在元明時期，僅入選了二十二種中的三種；就連這一時期最為流行的《草堂詩餘》系列選本，選了柳永的許多詞，卻也沒有選這一首。

不過，與柳詞在文人評點與唱和方面幾乎見不到蹤跡的情形相比，這首詞還是得到了古代文士們一定程度的關注。十三次評點和四次追和的成績，分別排在了單榜的第五十位和第四十六位。排名雖然不是很靠前，但對於柳詞來說，已經是相當難得了。尤其是文人評點中，就連曾經責怪秦觀「學柳七作詞」的蘇軾，對詞中「漸霜風淒緊，關河冷落，殘照當樓」的描摹也連連首肯，說其「不減唐人高處」。

二十世紀以來，這首詞的影響越來越大。新時代的研究型讀者共發表了十五篇研究專文，列單榜第三十一位。入選榜上，其影響也不小，五十七次的入選總數中，四十三次都來自於現當代，為此詞最終排名三十七位立下了頭功。如今，這首〈八聲甘州〉早已是雅俗共賞的經典名篇了。

漸霜風淒緊，關河冷落，殘照當樓。

宋詞排行榜

# 第38名 江城子

乙卯正月二十日夜記夢①

蘇軾

【排行指標】

歷代選本入選次數：四〇　在一〇〇篇中排名：六四

歷代評點次數：二　在一〇〇篇中排名：九四

唱和次數：一　在一〇〇篇中排名：六六

當代研究文章篇數：一六　在一〇〇篇中排名：二七

網路連結文章篇數：一五九一一〇　在一〇〇篇中排名：六

**綜合分值：四・四一　總排名：三八**

十年生死兩茫茫②。不思量。自難忘。千里孤墳③，無處話淒涼。縱使相逢應不識，塵滿面，鬢如霜。

夜來幽夢忽還鄉。小軒窗④。正梳妝。相顧無言，惟有淚千行。料得年年腸斷處，明月夜，短松岡。

【注釋】

①乙卯：指宋神宗熙寧八年（一〇七五）。

②十年生死：蘇軾妻王弗於宋英宗治平二年（一〇六五）去世，至熙寧八年，已整整十年。

③千里孤墳：王弗歸葬故鄉眉州（今四川眉山）。蘇軾作此詞時在密州（今山東諸城），兩地相距甚遠。

④軒窗：窗戶。軒，窗。

## 解讀

這首悼亡詞，是蘇軾在妻子王弗去世十年後寫的。

可這樣一首在題材上具有開拓意義，又是大詞人蘇軾所寫的極富感染力的言情作品，在歷史的流傳過程中，卻長期遭受冷遇，幾至湮沒無聞。考察古代傳播接受情況，幾乎見不到它的影子。我們的視野所及，它只被明人唱和過一次，入選過清代二種選本，評點數為〇。這大概是古代迂腐的觀念所致的吧。

而進入二十世紀後，隨著人們觀念的改變，這首詞終於煥發出了勃勃的生機，成為人們耳熟能詳的經典作品。

首先，這首哀婉動人的悼亡詞受到了研究者的格外青睞，研究榜上，其以十六篇文章列單榜第二十七位。其次，評點榜上，雖然歷代評點僅有二次，卻都是現當代的。再次，在歷代選本項上，相對於古代選家的普遍漠視，此詞在現當代入選了三十八種選本，傳播力度大大增加。最後，在二十一世紀的網路傳播上，關於這首詞的文章也可謂鋪天蓋地，以近十六萬次的連結數排在單榜的第六位。

正是在現當代讀者的強力推動下，這首〈江城子〉一舉成為宋詞排行榜上第三十八位的經典作品。千年之後，這首詞終於在現當代遇到了它的知音。

夜來幽夢忽還鄉。小軒窗。正梳妝。

宋詞排行榜

# 第39名 青玉案

元夕①

辛棄疾

【排行指標】

歷代選本入選次數：三八　在一〇〇篇中排名：六七

歷代評點次數：一〇　在一〇〇篇中排名：六六

唱和次數：一　在一〇〇篇中排名：六六

當代研究文章篇數：一六　在一〇〇篇中排名：二七

網路連結文章篇數：八一八〇〇　在一〇〇篇中排名：二一

**綜合分值：四・三八　總排名：三九**

東風夜放花千樹。更吹落、星如雨。寶馬雕車香滿路。鳳簫聲動②，玉壺光轉③，一夜魚龍舞④。

蛾兒雪柳黃金縷⑤。笑語盈盈暗香去。眾裡尋他千百度。驀然回首⑥，那人卻在，燈火闌珊處⑦。

【注釋】

①元夕：農曆正月十五為上元節，是夜稱「元夕」。
②鳳簫：即排簫，由竹管排列組成，狀參差如鳳翼，故名。
③玉壺：喻明月，亦喻玉雕的燈。
④魚龍：指魚形、龍形花燈。
⑤「蛾兒」句：蛾兒、雪柳、黃金縷，都是元夕婦女飾物。一說喻指「雪柳」垂下的柳絲。
⑥驀然：猛然。
⑦闌珊：暗淡，零落。

## 解讀

這首「元夕」詞，有佳句，有意境。詞中不僅有元宵佳節的熱鬧，更有讓千萬讀者為之動心的那一幕——「眾裡尋他千百度。驀然回首，那人卻在，燈火闌珊處」。這一幕所融涵的意境不僅「高超」，是「佳境」，而且給讀者留下了巨大的想像和感受空間，足以讓人「別有會心」。其中，最有名的「別有會心」者，當屬王國維。在《人間詞話》中，王國維把此稱為「古今之成大事業、大學問者」所必經過的三「境界」之一。

有賴於這一千古傳誦的名句，整首詞也閃耀出熠熠光輝。評點榜上，歷代文人評點十次，就有六次與這一名句相關。王國維的解讀，更是喚起了現當代讀者的極大興趣，使這首在古代並不太知名的詞作受到了人們的極大關注。

細看排行指標，我們發現，這首詞能榮登高位，與現當代讀者密切相關。以古代讀者為主體的唱和與評點榜上，此詞的各項排名都在六十多位。選本入選項上，三十八種入選選本中，宋金、元明、清三代也僅分別為一種、一種和五種，比例相當小。而到了現當代，則有三十一種選本選錄此詞，與古代形成了巨大反差。同時，完全屬於現當代讀者的網路連結和研究論著兩項，此詞也分別以八萬次和十六篇次的成績，名列單榜的第二十一和二十七位，為這首詞贏得了相當大的影響力。最終，在現當代讀者的高度關注下，這首詞排在了宋詞排行榜的第三十九位。

眾裡尋他千百度。驀然回首，那人卻在，燈火闌珊處。

宋詞排行榜

# 第40名　齊天樂

姜夔

**【排行指標】**

歷代選本入選次數：三五　在一〇〇篇中排名：七五

歷代評點次數：二七　在一〇〇篇中排名：七

唱和次數：一　在一〇〇篇中排名：六六

當代研究文章篇數：三　在一〇〇篇中排名：七〇

網路連結文章篇數：二五五六〇　在一〇〇篇中排名：五九

**綜合分值：四·三七　總排名：四〇**

丙辰歲①，與張功父會飲張達可之堂②。聞屋壁間蟋蟀有聲，功父約予同賦，以授歌者。功父先成，辭甚美。予徘徊茉莉花間，仰見秋月，頓起幽思，尋亦得此。蟋蟀，中都呼為促織③，善鬥。好事者或以二三十萬錢致一枚，鏤象齒為樓觀以貯之。

庾郎先自吟愁賦④。淒淒更聞私語。露濕銅鋪⑤，苔侵石井，都是曾聽伊處。哀音似訴。正思婦無眠，起尋機杼⑥。曲曲屏山，夜涼獨自甚情緒。

西窗又吹暗雨。為誰頻斷續，相和砧杵。候館迎秋，離宮弔月⑦，別有傷心無數。〈豳詩〉漫與⑧。笑籬落呼燈，世間兒女。寫入琴絲，一聲聲更苦⑨。

---

**【注釋】**

①丙辰：指宋寧宗慶元二年（一一九六）。
②張功父：即張鎡，作者好友。張達可：不詳。
③中都：京都，此指南宋京城臨安（今浙江杭州），或北宋故都汴京（今河南開封）。促織：蟋蟀別稱。
④庾郎：指南北朝文學家庾信。吟愁賦：庾信作有〈愁賦〉。
⑤鋪：鋪首，舊式門上銜著門環的底座。
⑥起尋機杼：與「促織」意相應。機杼，織梭。
⑦離宮：帝王行宮。「離」字或暗示那些經歷過國破流離的帝王之淒涼遭遇。
⑧〈豳詩〉：指《詩經．豳風．七月》。詩中有「十月蟋蟀入我床下」的敘寫。漫與：猶言隨便對付。
⑨「寫入」二句：詞人自注：「宣政間（按，指宋徽宗宣和、政和年間），有士大夫制〈蟋蟀吟〉。」

解讀

這是一首別具一格的詠物詞。

此詞以詠蟋蟀為題，卻能把文人墨客、遊子思婦、遷客謫臣、帝王后妃等各類人串合在一起，在淒楚的蟋蟀聲與人的孤吟聲、機杼聲、砧杵聲、天真兒童的笑語聲中，寄託無限的情思，達到了張炎所說的「所詠了然在目，且不留滯於物」的詠物至境。

歷代批評型讀者對這首詞高超的詠物技巧和深情綿邈、寄託遙深的藝術表現極為讚賞，甚至達到了頂禮膜拜的程度。「絕唱」、「高絕」、「精絕」等耀眼詞彙，就是「業內人士」給出的超常評語。排行榜上，歷代評點多達二十七次，列評點榜第七位，遠遠超出其他各項指標，並一舉奠定了此詞躋身宋詞百首名篇的堅實基礎。

但評價中也有唱「反調」的。如清人陳銳在《褒碧齋詞話》中就批評此詞「揑造典故」（陳銳認為庾信沒有〈愁賦〉傳世），「銅鋪」、「石井」、「候館」、「離宮」等語也重複囉唆，「了不知其佳處」。陳銳之說固有不當處，但這首詞的時空轉換過多，用語過於晦澀，確實在很大程度上拉開了詞作和讀者、尤其是普通大眾讀者之間的距離，造成了其他排行指標的大幅度下降。看排行榜指標，權重最高、影響最大的選本入選項上，此詞僅入選三十五次，排到了相當靠後的七十五位。即使在姜夔詞大受推崇的清代，它也僅入選了十種選本，沒有達到此期的平均入選數。這也是這首詞最終只排在宋詞排行榜第四十位的主要原因。

到了現當代，這首詞的低迷狀態也並沒有多大改觀，研究文章僅三篇，網路連結僅二萬餘次，分別列單榜的第七十和五十九位。看來，此詞用語和表意晦澀所產生的副作用，乃是古今同一的。

宋詞排行榜

# 第41名

# 破陣子

為陳同甫賦壯詞以寄之①

辛棄疾

**【排行指標】**

歷代選本入選次數：四二　在一〇〇篇中排名：五八

歷代評點次數：五　在一〇〇篇中排名：八七

唱和次數：〇　在一〇〇篇中排名：八四

當代研究文章篇數：二八　在一〇〇篇中排名：一一

網路連結文章篇數：四二四〇〇　在一〇〇篇中排名：三八

**綜合分值：四・三七　總排名：四一**

宋詞排行榜

# 第42名　千秋歲

秦觀

**【排行指標】**

歷代選本入選次數：三六　在一〇〇篇中排名：七三

歷代評點次數：一六　在一〇〇篇中排名：三五

唱和次數：二二　在一〇〇篇中排名：八

當代研究文章篇數：四　在一〇〇篇中排名：六〇

網路連結文章篇數：九一三五五　在一〇〇篇中排名：一八

**綜合分值：四．二八　總排名：四二**

水邊沙外。城郭春寒退。花影亂，鶯聲碎。飄零疏酒盞，離別寬衣帶①。人不見，碧雲暮合空相對②。

憶昔西池會。鵷鷺同飛蓋③。攜手處，今誰在。日邊清夢斷④，鏡裡朱顏改。春去也，飛紅萬點愁如海。

**【注釋】**

①「離別」句：化用「相去日已遠，衣帶日已緩」詩意。

②「人不見」二句：化用江淹「日暮碧雲合，佳人殊未來」詩意。

③鵷鷺：二鳥名，因其飛行有序，古時常用以比喻班行有序的朝官。飛蓋：高高的車蓋，亦指車。

④日邊：喻指京城。

**解讀**

紹聖元年（一〇九四），宋哲宗親政後起用新黨，包括蘇軾、秦觀在內的一大批「元祐黨人」紛紛被貶。這首詞就是秦觀被貶之後的作品。至於寫作時地，有說是紹聖二年（一〇九五）作於處州（浙江麗水），有說是紹聖三年（一〇九六）作於湖南衡陽。

貶謫，是許多古代仕人的噩夢。秦觀的不幸遭遇和痛苦體驗引起了古代文士們的極大同情和強烈共鳴，唱和之作不絕如縷。黃庭堅就在秦觀去世後的和詞中寫道：「人已去，詞空在。兔園高宴悄，虎觀群英改。重感慨，波濤萬頃珠沉海。」統計資料中，宋元明至清代順康時期，一共有二十二首唱和之作，列單榜第八位，成績斐然。

人不見，碧雲暮合空相對。

這首詞在評點榜上也成績不俗，歷代共有十六次評點，列單榜第三十五位。詞人悲愴的身世遭際確實讓人深為感慨，尤其是名句「飛紅萬點愁如海」所展示出的颯然凋零的絢爛之美，打動了古今無數讀者。評點中，大部分都是讚賞此句的。

評點與唱和兩項，基本上奠定了這首詞的經典地位。當代網路上，相關連結也達到了九萬餘次，列第十八位，使此詞的影響進一步擴大。只因選本入選和研究文章項名次較為靠後，才使此詞最終只排在宋詞排行榜的第四十二位。

宋詞排行榜

# 第43名 浣溪沙

晏殊

**【排行指標】**

歷代選本入選次數：七一　在一〇〇篇中排名：一〇

歷代評點次數：九　在一〇〇篇中排名：七三

唱和次數：〇　在一〇〇篇中排名：八四

當代研究文章篇數：一四　在一〇〇篇中排名：三二

網路連結文章篇數：四六五〇〇　仕一〇〇篇中排名：三三

**綜合分值：四．一三　總排名：四三**

一曲新詞酒一杯。去年天氣舊亭台。夕陽西下幾時回。

無可奈何花落去，似曾相識燕歸來。小園香徑獨徘徊①。

【注釋】

①香徑：花間小路。

## 解讀

晏殊十四歲即以神童應試，賜同進士出身。他是一位才子，一位頗具感性的詩人，同時又一生游刃於官場，位至宰相，是一位相當理性的人。感性與理性交織融合，使他能以生動形象的文筆，在尋常的惜春情懷中尋出別具深味的人生哲理。如這首短小的〈浣溪沙〉詞，就既有「無可奈何花落去」的惆悵，又有「似曾相識燕歸來」的希冀，是無常與希望、悵然與欣慰相交織的人生樂章，可謂其「情中有思」的代表性作品。

看排行指標，這首融涵著哲理的小詞贏得了古今選家的特別關注，歷代共有七十一種選本選錄此詞，排單榜第十位，成績斐然。二十世紀以來，無論是在研究型讀者中，還是在網路大眾讀者中，它都有持續的影響力，分別以十四篇專文和四萬餘次的連結數，列單榜的第三十二和三十三位。只可惜權重占百分之二十的評點項上次數較低，唱和項又是空白，才使其名次最終跌出四十名之外。

但毫無疑問，這是一首知名度很高的宋詞經典名篇。尤其是「無可奈何花落去，似曾相識燕歸來」二名句，更是傳唱不衰、流傳千古。

驛外斷橋邊，寂寞開無主。

四十四位。

　　這株寂寞綻放在驛外斷橋邊、黃昏風雨中的梅花，在歷經千年的歲月洗禮之後，終於在現當代遇到了真正的賞花人。

宋詞排行榜

# 第45名　如夢令

李清照

**【排行指標】**

歷代選本入選次數：一八　在一〇〇篇中排名：九九

歷代評點次數：〇　在一〇〇篇中排名：九九

唱和次數：一　在一〇〇篇中排名：六六

當代研究文章篇數：二三　在一〇〇篇中排名：一五

網路連結文章篇數：五〇八〇〇　在一〇〇篇中排名：三一

**綜合分值：四・〇一　總排名：四五**

常記溪亭日暮①。沉醉不知歸路。興盡晚回舟，誤入藕花深處。爭渡。爭渡。驚起一灘鷗鷺。

【注釋】

①溪亭：泛指溪邊亭閣，或確指一名「溪亭」處。

## 解讀

這首〈如夢令〉，記一次暢快的一日遊。詞僅三十三字，但日暮溪亭、藕塘鷗鷺，一片美景如在目前；開朗、活潑的少女形象也呼之欲出，青春氣息瀰漫紙上。如此抒寫女子的自由與快樂，在古典詩詞中是不多見的。

少女時代有這樣的自由與快樂，確是李清照的幸運。但這種打破淑女風範的「出格」行為和淋漓表達，在古代卻遭到了不少質疑。如明代的楊慎在編選《詞林萬選》時，就將它歸於無名氏筆下；明代楊金刊本《草堂詩餘》，又將它列為蘇軾的作品。而且，元明以降以至十九世紀末，這首詞在流傳過程中都是沒沒無聞的。

看排行指標，選本入選項上，其在元明清三代總共才入選了三種選本。評點榜上，和另一首頗傳閨閣風神而被歷代文人追捧不已的〈如夢令〉（昨夜雨疏風驟）相比，不啻有天地之別，評點數竟然為〇。唱和榜上，它也只有孤零零的一次唱和。

所幸，到了二十世紀，追求生活自由和個性解放的春風吹過古老的神州大地，這首〈如夢令〉才終於花蕾綻放，現出耀眼的光彩。入選榜上，共有十二種選本選錄此詞；研究項上，共有二十三篇文章關注此詞，從不同角度探討其主題、風格與藝術，列單榜第十五位；當代網路上，這首小詞也是熱門作品，連結文章超過五萬篇次，排名第三十一位。

在現當代讀者的強力推動下，這首小令終於成為宋詞的百首名篇之一。在溪亭沉醉和藕塘爭渡中蕩漾開去的那份清爽與活力、自由與快樂，終於穿越時空，感染了無數的新時代讀者。

爭渡。爭渡。驚起一灘鷗鷺。

宋詞排行榜

# 第46名　念奴嬌

李清照

**【排行指標】**

歷代選本入選次數：四二　在一〇〇篇中排名：五八

歷代評點次數：一二　在一〇〇篇中排名：一五

唱和次數：三　在一〇〇篇中排名：五五

當代研究文章篇數：四　在一〇〇篇中排名：六〇

網路連結文章篇數：二四六四〇　在一〇〇篇中排名：六〇

**綜合分值：三・九八　總排名：四六**

蕭條庭院，又斜風細雨，重門須閉。寵柳嬌花寒食近，種種惱人天氣。險韻詩成①，扶頭酒醒②，別是閒滋味。征鴻過盡，萬千心事難寄。

樓上幾日春寒，簾垂四面，玉闌干慵倚。被冷香銷新夢覺，不許愁人不起。清露晨流，新桐初引③，多少遊春意。日高煙斂，更看今日晴未。

【注釋】

①險韻詩：用生僻難押字作韻腳的詩。

②扶頭酒：指易醉之酒。

③「清露」二句：語出《世說新語．賞譽》：「於時清露晨流，新桐初引。」初引，指枝葉初長。

## 解讀

李清照的這首〈念奴嬌〉能成為宋詞經典名篇，主要是古代讀者的功勞。

從統計資料看，二十世紀的研究文章僅有四篇，當代網路連結數僅二萬餘次，都排在第六十位。選本入選一項，現當代也僅入選了十七種選本，比百首宋詞同期平均入選數低十次。歷代文人的二十二次評點中，現當代也只有一次。綜合這四項指標，此詞在現當代的影響力是比較低的。而反觀古代，除唱和次數較少，排名第五十五位外，其他各項指標和排名均比較突出。選本入選榜上，宋、元明時期分別入選了二種和十七種選本，都在平均入選數之上，元明還超出平均入選數五次。評點榜上，其更是以二十二次評點列單榜第十五位，影響甚大，並成為此詞得以榮登宋詞排行榜第四十六位的主要因素。

這首詞在古代也確實深得人們的讚賞。僅詞中「寵柳嬌花」一句就好評如潮。如宋人黃昇就贊曰：「余謂此篇『寵柳嬌花』之句亦甚奇俊，前此未有能道之者。」明人沈際飛也歎道：「『寵柳嬌花』，又是易安奇句。」至於整篇，也頗得古人的稱讚。如沈際飛就說它「不效顰於漢魏，不學步於盛唐，應情而發，能通於人」，明代楊慎更認為它「情景兼至，名媛中自是第一」。得古人如此之評贊，這首〈念奴嬌〉能成為宋詞名篇，就是很自然的事了。

宋詞排行榜

# 第47名

# 念奴嬌

過洞庭

張孝祥

**【排行指標】**

歷代選本入選次數：四六　在一〇〇篇中排名：四八

歷代評點次數：一一　在一〇〇篇中排名：五八

唱和次數：一　在一〇〇篇中排名：六六

當代研究文章篇數：一二　在一〇〇篇中排名：三四

網路連結文章篇數：二七二六〇　在一〇〇篇中排名：五五

**綜合分值：三・九二　總排名：四七**

洞庭青草①，近中秋、更無一點風色。玉鑑瓊田三萬頃，著我扁舟一葉②。素月分輝，明河共影，表裡俱澄澈。悠然心會，妙處難與君說。

應念嶺海經年③，孤光自照，肝膽皆冰雪。短髮蕭騷襟袖冷④，穩泛滄浪空闊⑤。盡吸西江，細斟北斗⑥，萬象為賓客。扣舷獨嘯，不知今夕何夕⑦。

**【注釋】**

①洞庭青草：即洞庭湖和青草湖。青草湖在洞庭湖南，後二湖連為一體。

②著：這裡有放置、點綴的意思。

③嶺海經年：詞人於乾道元年（一一六五）七月知靜江府（治所在今廣西桂林）兼廣南西路經略安撫使，次年六月罷歸，前後整一年。嶺海，指兩廣地區，因在五嶺之南並近海，故稱。

④蕭騷：稀疏。

⑤滄浪：青蒼色的水。

⑥「盡吸」二句：此化用宋釋道原「待汝一口吸盡西江水」句意，與屈原「援北斗兮酌桂漿」詩意。西江，此指長江。

⑦今夕何夕：語本《詩經．綢繆》：「今夕何夕，見此良人。」後常用以讚歎良辰美景。

## 解讀

和蘇軾一樣，張孝祥是位天才型的詞人。他不僅讀書過目不忘，平常作詞也「筆酣興健，頃刻即成」。宋孝宗乾道元年（一一六五）七月，張孝祥遠赴桂林，出任廣南西路安撫使，頗有政績。但到了第二年，他卻受到誣陷，罷官北歸。《於湖居士文集》卷十四〈觀月記〉曰：「余以八月之望過洞庭，天無纖雲，月白如晝。沙（按指金沙堆，由湖沙堆積而成的小島）當洞庭、青草之中，其高十仞，四環之水，近者猶數百里。余繫舡其下，盡卻童隸而登焉。」興酣筆至，一曲傳頌千古的〈念奴嬌〉便產生了。

南宋魏了翁早就

玉鑑瓊田三萬頃，
著我扁舟一葉。

感歎這首詞是張孝祥詞中最為傑出的一首，他說：「張於湖有英姿奇氣，……洞庭所賦在集中最為特傑。」清人查禮也評贊道：「〈念奴嬌・過洞庭〉一解，最為世所稱頌。」排行榜上，此詞的影響指數在張孝祥詞中也確是最高的。

統計的各項資料顯示，這首詞在古今各類讀者中均有一定的影響。評點榜上，它雖然僅名列第五十八位，但自宋至清，文人們連續性的十一次評點還是保證了其在歷史傳播過程中的影響力。不過，此詞生命力的真正勃發還是在現當代。入選榜上，四十六種選本中有三十一種來自現當代，超出百首宋詞同期平均入選數四次。另外，此詞還有十二篇研究專文，列單榜第三十四位，也是不錯的成績。可見，這首詞在現當代的傳播是較為廣泛的，其第四十七位的宋詞排行榜排名也正是由現當代的讀者奠定的。

宋詞排行榜

# 第48名 臨江仙

## 夜登小閣憶洛中舊遊①

陳與義

**【排行指標】**

歷代選本入選次數：五四　在一〇〇篇中排名：三四

歷代評點次數：一七　在一〇〇篇中排名：三〇

唱和次數：一　在一〇〇篇中排名：六六

當代研究文章篇數：三　在一〇〇篇中排名：七〇

網路連結文章篇數：一三〇一〇　在一〇〇篇中排名：七七

**綜合分值：三·八九　總排名：四八**

憶昔午橋橋上飲②，坐中多是豪英。長溝流月去無聲③。杏花疏影裡，吹笛到天明。

二十餘年如一夢④，此身雖在堪驚。閒登小閣看新晴。古今多少事，漁唱起三更。

【注釋】

①洛中：指詞人家鄉洛陽。
②午橋：在洛陽南。
③長溝：長河。
④二十餘年：指北宋、南宋之交的滄桑歲月。

## 解讀

陳與義本以詩名世，為江西詩派「三宗」之一。其以餘力作詞，存詞雖不多，僅十餘首，卻能自具面目。宋詞百首名篇中，就有他的這首〈臨江仙〉，且排在了較為靠前的第四十八位。

此詞向來口碑頗佳。宋代著名的詞論家胡仔就說：「《簡齋集》後載數詞，惟此詞最優。」清人陳廷焯也極力讚賞說：「『長溝流月』七字警絕；『杏花』二語自然流出，若不關人力者；『古今』二語，有多少感慨！情景兼到，骨韻蒼涼，下字亦警絕。」清人許昂霄甚至還稱此詞為「無容拾襲」的「神到之作」。其折服於人的程度，由此可知。

表現在統計資料中，此詞歷代共有十七次評點，列單榜第三十位。選本入選榜上，其共入選了五十四種選本，列單榜第三十四位。點評、入選兩項，權重最高，這無疑為此詞入選百首名篇奠定了堅實的基礎。雖然其他三項均名列六十位之後，影響不是很大，但也通過各自的方式，努力把此詞存留在了人們的視線中。

宋詞排行榜

# 第49名 望海潮

柳永

【排行指標】

歷代選本入選次數：六二　在一〇〇篇中排名：二四

歷代評點次數：五　在一〇〇篇中排名：八八

唱和次數：四　在一〇〇篇中排名：四六

當代研究文章篇數：一四　在一〇〇篇中排名：三二

網路連結文章篇數：三二一六〇〇　在一〇〇篇中排名：四六

**綜合分值：三・八八　總排名：四九**

東南形勝①，三吳都會②，錢塘自古繁華③。煙柳畫橋，風簾翠幕，參差十萬人家。雲樹繞堤沙。怒濤捲霜雪，天塹無涯。市列珠璣④，戶盈羅綺⑤，競豪奢。

重湖疊巘清嘉⑥。有三秋桂子，十里荷花。羌管弄晴，菱歌泛夜，嬉嬉釣叟蓮娃。千騎擁高牙⑦。乘醉聽簫鼓，吟賞煙霞。異日圖將好景⑧，歸去鳳池誇⑨。

【注釋】

①形勝：位置優越、山川勝美之地。
②三吳：此泛指長江下游一帶。
③錢塘：即杭州。
④璣：不圓的珠子。
⑤羅：質地稀疏的絲織品。綺：有花紋或圖案的絲織品。
⑥重湖：西湖以白堤為界分裡湖、外湖，故稱。巘：山峰。
⑦牙：牙旗，旗竿上飾有象牙的大旗。多為主將、主帥所建，亦可用作儀仗。此借指顯要官員。
⑧圖將：畫下來。
⑨鳳池：鳳凰池，古時對中書省的美稱。此代指朝廷。

**解讀**

這是一首描寫北宋名城杭州的著名詞章。詞中，柳永用他的才子詞筆，幾乎將杭州的富庶、繁華與美麗渲染到了極致，以致百餘年後，金主完顏亮聞聽此詞，竟「欣然有慕於『三秋桂子，十里荷花』，遂起投鞭渡江之志」。這雖然只是一種傳說，但也足以證明這首詞的傳播之廣、魅力之大。

事實上，這首詞不僅在宋代轟動一時，千百年來，其生命力始終就沒有衰減過，稱其為流傳千古的名篇，是一點不為過的。資料顯示，在入選榜上，此詞名列第二十四位，共入選了六十二種古今選本。其中，明代入選了十七種，現當代入選了三十九種，分別超出百首名篇同期平均入選數的五次和十二次。當代傳播網路上，其連結數也達到了三萬餘次，列單榜第四十六位。可見，這首詞在大眾讀者中確實有著廣泛的影響力。同時，現當代研究型讀者對它也頗為關注，共有十四篇專文發表，列單榜第三十二位，使其綜合實力進一步得到加強。

與柳永同時的范縝曾歎賞曰：「仁廟

東南形勝，三吳都會，錢塘自古繁華。

（仁宗）四十二年太平，吾身為史官二十年，不能贊述，而耆卿能盡形容之。」稍後的狀元黃裳也說：「予觀柳氏樂章，喜其能道嘉祐中太平氣象，如觀杜甫詩，典雅文華，無所不有。」可見，審美價值之外，柳永的這類詞還有著珍貴的歷史價值。稱其為「詞史」，大概是不為過的。

宋詞排行榜

# 第50名　賀新郎

辛棄疾

【排行指標】

歷代選本入選次數：三四　在一〇〇篇中排名：七八

歷代評點次數：二〇　在一〇〇篇中排名：二四

唱和次數：〇　在一〇〇篇中排名：八四

當代研究文章篇數：一七　在一〇〇篇中排名：二三

網路連結文章篇數：八三四〇　在一〇〇篇中排名：九六

**綜合分值：三・八八　總排名：五〇**

別茂嘉十二弟①。鵜、杜鵑實兩種，見〈離騷補注〉②。

綠樹聽鵜鴂。更那堪、鷓鴣聲住，杜鵑聲切。啼到春歸無尋處，苦恨芳菲都歇③。算未抵、人間離別。馬上琵琶關塞黑，更長門、翠輦辭金闕④。看燕燕，送歸妾⑤。

將軍百戰身名裂⑥。向河梁、回頭萬里，故人長絕⑦。易水蕭蕭西風冷，滿座衣冠似雪。正壯士、悲歌未徹⑧。啼鳥還知如許恨，料不啼清淚長啼血⑨。誰共我，醉明月。

【注釋】

①茂嘉：詞人族弟，事蹟不詳。

②《離騷補注》：宋洪興祖著，有「子規、鵜二物也」語。二鳥皆啼聲悲切。

③「啼到」二句：化用屈原「恐鵜之先鳴兮，使夫百草為之不芳」詩意。

④「馬上」二句：用西漢王昭君出塞遠嫁匈奴事。

⑤「看燕燕」二句：典出《詩經．燕燕》：「燕燕于飛，差池其羽。之子于歸，遠送于野。」舊注此詩寫春秋時衛莊公夫人莊姜送莊公妾戴嬀返陳國。

⑥「將軍」句：漢代李陵多次戰勝匈奴，但最後一次戰敗投降，終至身敗名裂。

⑦「向河梁」二句：李陵降後與漢使蘇武相別，有「異域之人，一別長絕」語及「攜手上河梁，遊子暮何之」贈詩。故人，指蘇武。

⑧「易水」三句：用荊軻刺秦王與燕太子丹等別於易水事。時人皆白衣冠而送之，荊軻有「風蕭蕭兮易水寒，壯士一去兮不復還」詩句。徹，完結。

⑨「啼鳥」二句：蜀王杜宇遜位離國。其魂化為杜鵑，日夜悲鳴，至於啼血。

**解讀**

辛棄疾不愧是大手筆，往往能獨闢蹊徑，寫出不同尋常的詞來。這首〈賀新郎〉就是這樣一首「不主故常」的經典之作。

此詞作於辛棄疾罷官閒居江西鉛山時，乃為贈別其族弟辛茂嘉而作。整首詞緊扣離恨主題，將古今四海之事攬於一篇之內，不管是敘事還是抒情，全都用典故聯綴，以抒寫其深重悲壯之慨。這樣的詞，在宋詞中是不多見的。

再從其用韻情況來看，「切」、「歇」、「絕」、「徹」等韻字皆為入聲，促節切響，聲如裂帛，使此詞很好地達到了聲情並生的藝術效果。

正是這樣的奇妙手法和獨特風格，贏得了古今批評研究型讀者的廣泛關注。歷代評點中，僅《唐宋詞彙評》就收錄了二十次，列單榜第二十四位。有評點者甚至認為，這首詞是辛詞中最好的作品。如清人陳廷焯就說：「稼軒詞自以〈賀新郎〉一篇為冠，沉鬱蒼涼，跳躍動盪，古今無此筆力。」二十世紀的研究成果中，也有十七篇專文從用典、章法、情感特色等方面討論此詞，列單榜第二十三位。有此二項成績作為支撐，此詞最終得以晉身宋詞百首名篇的前五十名。

然而，這樣不具常格的詞，一般詞人效仿起來是比較困難的。即如王國維所說：「稼軒〈賀新郎〉詞『送茂嘉十二弟』，章法絕妙，且語語有境界，此能品而幾於神者。然非有意為之，故後人不能學也。」故此，其在唱和榜上的成績為〇。同時，此詞整篇幾乎全用典故聯綴，也不可避免會拉大作品和普通大眾讀者之間的距離。因而，其在選本項中的影響也比較小，僅入選了古今三十四種選本，列單榜第七十八位。相應地，在當代大眾傳播媒介的主要管道——網路上，這首詞的連結數也比較低，僅名列第九十六位。

看來，這首詞在雅俗共賞方面，還是有所欠缺的。而宋詞百首名篇的各具特色，也正由此可以見出。

誰共我，醉明月。

宋詞排行榜

# 第51名

# 花犯

梅花

周邦彥

【排行指標】

歷代選本入選次數：四三　在一〇〇篇中排名：五七

歷代評點次數：一七　在一〇〇篇中排名：三〇

唱和次數：八　在一〇〇篇中排名：二四

當代研究文章篇數：一　在一〇〇篇中排名：八四

網路連結文章篇數：一〇八五〇　在一〇〇篇中排名：八三

**綜合分值：三・八六　總排名：五一**

粉牆低，梅花照眼，依然舊風味。露痕輕綴。疑淨洗鉛華，無限佳麗。去年勝賞曾孤倚。冰盤同燕喜①。更可惜、雪中高樹，香篝熏素被②。

今年對花最匆匆，相逢似有恨，依依愁悴。吟望久，青苔上、旋看飛墜。相將見、脆丸薦酒③，人正在、空江煙浪裡。但夢想、一枝瀟灑，黃昏斜照水④。

**【注釋】**

①「冰盤」句：指喜歡以梅子進酒。冰盤，指白瓷果盤。燕，同「宴」。

②「香篝」句：謂梅如熏籠，雪如白被，雪覆梅上，如香熏被。篝，熏籠。

③相將：行將。脆丸：指梅子。薦：獻。

④「黃昏」句：化用林逋「疏影橫斜水清淺，暗香浮動月黃昏」詩意。

**解讀**

這首〈花犯〉，也是宋代詠梅詞中的名篇，當是詞人三十多歲宦遊安徽、江蘇時所作。和別的詠梅詞不同，此詞中的梅花形象隨抒情主人公的思緒，在「現在—過去—現在—將來」的時間鏈條上紆繞變幻，呈現出不同的姿態。過去的梅，冰雪中漾溢著清香；眼前的梅，淨洗鉛華，因離情而愁悴依依，黯然凋謝；幻想中的將來的梅，則已成青圓梅子。詞作藉梅花而抒寫仕宦情懷，在時空流轉的回憶與想像中，羈旅宦遊的感受、人生聚合的情態彰顯無遺。

看排行指標，其歷代評點十七次，排名第三十位，這是此詞能位列宋詞排行榜第五十一位的最為關鍵的因素。當然，八次唱和，排名第二十四位，助推作用也不小。另外，這首詞也是古代詞選家眼中的寵兒。雖然歷代選本入選總數僅四十三次，排名第五十七位，但宋、元明、清三代的入選次數都在同期平均入選數之上。尤其在宋、元明時期，其分別以三次和二十一次的成績榮獲同期入選榜冠軍，影響甚大。

粉牆低，梅花照眼，依然舊風味。

但二十世紀以來，也許是精工典麗的風格和折轉回環的抒情方式不再受到讀者的特別喜愛，這首詞的影響力逐漸下降，現當代文章研究和網路連結兩項，都排名在八十位之後。這也是周邦彥詞在百篇榜中入選篇數最多（共十五篇），而排名都不太靠前（最前的〈蘭陵王・柳〉也僅列第十九位）的根本原因。

宋詞排行榜

# 第52名　武陵春

李清照

**【排行指標】**

歷代選本入選次數：五四　在一〇〇篇中排名：三四
歷代評點次數：一五　在一〇〇篇中排名：二九
唱和次數：六　在一〇〇篇中排名：三三
當代研究文章篇數：八　在一〇〇篇中排名：四八
網路連結文章篇數：四七〇〇〇　在一〇〇篇中排名：三二
**綜合分值：三・八六　總排名：五二**

風住塵香花已盡，日晚倦梳頭。物是人非事事休。欲語淚先流。
聞說雙溪春尚好①，也擬泛輕舟。只恐雙溪舴艋舟②。載不動、許多愁。

【注釋】
①雙溪：水名，在今浙江金華城南，一曰東港，一曰南港。於城下匯合。
②舴艋：小船。

## 解讀

這首〈武陵春〉作於宋高宗紹興五年（一一三五）春，距北宋滅亡已近十年。李清照此年整五十歲，避難於浙江金華，她的丈夫趙明誠已去世六年。當又一個春天即將逝去的時候，李清照悲不能已，寫下了這首淒婉愴痛的詞作。從「物是人非事事休，欲語淚先流」及「只恐雙溪舴艋舟，載不動、許多愁」的描寫中，我們可以感受到，詞人的這種愴痛到了何種地步。

但讓人意想不到的是，李清照的這首自抒悲懷的醇雅之作卻招致了後人、特別是明人的許多非議。非議的緣由，乃是李清照的所謂改嫁事。張綖就說，詞裡「物是人非事事休」指的就是此事，這樣的詞「不足錄」；葉盛則更認為李清照改嫁是其父親和丈夫的「不幸」，說「文叔（李格非）不幸有此女，德夫（趙明誠）不幸有此婦」，因而這樣的詞「宜譏千古」。

當然，更多的人還是從此詞深沉悲愴的情感中讀出了李、趙二人的伉儷情深，堅信李清照沒有改嫁，並對這首詞讚賞有加。如清人吳衡照就說：「易安〈武陵春〉，其作於祭湖州（指趙明誠）以後歟？悲深婉篤，猶令人感伉儷之重。」陳廷焯更直接否認李清照再嫁之事，說這首詞「又淒婉，又勁直」，「觀此，欲信無再適張汝舟事」。從傳播接受的角度看，這種是非之爭倒在一定程度上擴大了此詞的知名度。歷代評點十五次，就有不少是關於這方面的爭辯。評點項第三十九位及選本項第三十四位的成績，是決定這首詞總體排名的關鍵因素。

綜觀各項指標，這首詞沒有哪一項特別突出，也沒有哪一項特別落後，均排名三十至五十位之間。這也使得這首詞的總體排名處於中游位置，名列宋詞排行榜的第五十二位。

風住塵香花已盡，日晚倦梳頭。

宋詞排行榜

# 第53名

# 西江月

夜行黃沙道中①

辛棄疾

【排行指標】

歷代選本入選次數：三四　在一〇〇篇中排名：七八
歷代評點次數：二　在一〇〇篇中排名：九四
唱和次數：一　在一〇〇篇中排名：六六
當代研究文章篇數：二六　在一〇〇篇中排名：一三
網路連結文章篇數：四五四〇〇　在一〇〇篇中排名：三五
**綜合分值：三・八一**　**總排名：五三**

明月別枝驚鵲②，清風半夜鳴蟬。稻花香裡說豐年。聽取蛙聲一片。
七八個星天外，兩三點雨山前。舊時茅店社林邊③。路轉溪橋忽見。

【注釋】
①黃沙：即黃沙嶺，在江西上饒西，距詞人閒居的帶湖不遠。
②別枝：斜出的樹枝。
③社林：土地廟旁的樹林。社，土神，此指祭祀土神的廟宇。

**解讀**

金戈鐵馬的雄心高調、吞吐八荒的悲歌慷慨、英雄失路的抑鬱悲愴，是辛棄疾詞固有的特色。而這首〈西江月〉則輕快、活潑，充滿著濃郁的鄉土氣息，可稱辛詞中的「別調」。也許是辛棄疾的英雄之詞過於強勢，這首風格迥異的小詞在很長時間內並不為人所關注。看排行資料，在古代讀者那裡，這首詞的影響微乎其微。唱和榜上，僅被唱和一次，排名第六十六位；評點榜上，僅被評點兩次，排名第九十四位。

而二十世紀以來，情形則大為改觀。首先，詞中所描繪的鄉村畫卷吸引了眾多研究者的目光，共有二十六篇專文發表，列單榜第十三位。其次，選本入選三十一次，與從宋至清一共才入選三次的情況相比，可說有天壤之別。再次，當代網路上，此詞也以四．五萬次的連結數排名第三十五位，遠遠高出其總體排名。可見，隨著時間的推移，這首小詞的影響力是越來越大、生命力也越來越旺盛了。

現當代，入選率都在百首宋詞同期平均水準之上，為其成為經典名篇打下了堅實的基礎。與此相呼應，二十世紀的研究型讀者也對此詞關注頗多，共有十篇研究專文發表，列單榜第三十九位。另外，歷代文人的唱和、評點和當代網路連結三項，也都排名六十幾位，均有一定的影響。綜合各項指標，這首詞最終排在了宋詞排行榜的第五十四位。

「癡」人已逝，「癡」詞猶存，流傳千載不衰，終成經典名篇。

舞低楊柳樓心月，歌盡桃花扇底風。

宋詞排行榜

# 第55名

# 賀新郎　夏景

蘇軾

**【排行指標】**

歷代選本入選次數：四七　在一〇〇篇中排名：四五

歷代評點次數：一三　在一〇〇篇中排名：五〇

唱和次數：八　在一〇〇篇中排名：二四

當代研究文章篇數：八　在一〇〇篇中排名：四八

網路連結文章篇數：二五六三〇　在一〇〇篇中排名：五八

**綜合分值：三．七八　總排名：五五**

乳燕飛華屋。悄無人、桐陰轉午，晚涼新浴。手弄生綃白團扇，扇手一時似玉①。漸困倚、孤眠清熟。簾外誰來推繡戶，枉教人、夢斷瑤台曲②。又卻是、風敲竹。

石榴半吐紅巾蹙③。待浮花、浪蕊都盡④，伴君幽獨。穠豔一枝細看取⑤，芳心千重似束。又恐被、西風驚綠。若待得君來向此，花前對酒不忍觸。共粉淚，兩簌簌④。

**【注釋】**

①「扇手」句：意謂扇、手融一，皆似玉色。典出《世說新語．容止》：王衍手持白玉柄麈尾，與手全無分別。

②瑤台：雕飾華麗的樓台。又指傳說中的神仙之居。此指夢中仙境。曲：幽僻處。

③「石榴」句：謂石榴花半開，花瓣就像紅巾摺皺起來的樣子。化用白居易「山榴花似結紅巾」詩意。蹙，皺。

④浮花、浪蕊：指春天爭奇鬥豔的俗常之花。語本韓愈詩「浮花浪蕊鎮長有」。

⑤穠：繁盛。取：語助詞，無實意。

⑥簌簌：紛然下落貌，亦擬聲。

## 解讀

這首〈賀新郎〉，是蘇軾婉約詞中的名篇。其以婉曲動人的詞筆、豔冶絕倫的形象，發抒深沉的身世悲感，頗為引人注目。蘇軾一生堅持自己的政治主張和人格獨立，雖幾經貶謫，但始終卓然自立，葆有一份幽獨情懷，一如這首詞中的美人和榴花。

這首融榴花、美人與詞人情懷為一體的詞作之所以能成為宋詞百首名篇之一，主要得力於古代讀者和現當代批評型讀者的關注。唱和榜上，共有八次唱和，列單榜第二十四位，說明其在古代創作型讀者中影響甚大。而古代文人的十三次評點、二十世紀的八篇研究論文，又說明不論古今，其在批評研究型讀者中都享有一定的聲譽。至於選本入選項，入選的歷代四十七種選本中，三十七種是古代選本，說明它在古代詞選家和大眾讀者中也有不俗的影響。至於現當代的大眾讀者，不論是選本的入選

手弄生綃白團扇，扇手一時似玉。

數，還是當代的網路影響力，都要低得多。

所以，從一定程度上來說，這首〈賀新郎〉實際上是古代讀者和現當代批評型讀者造就的名篇。

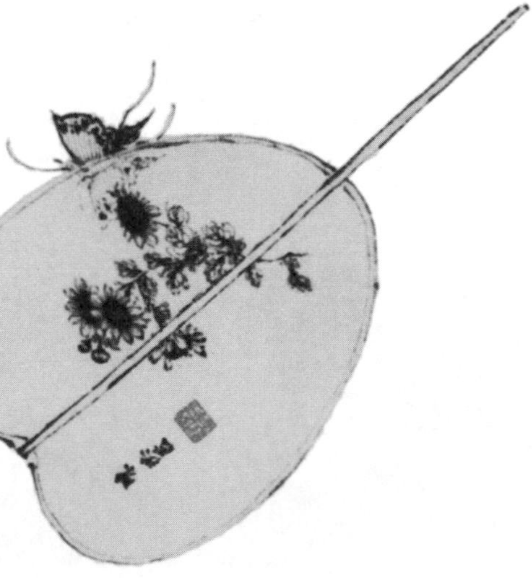

蝴蝶小扇

宋詞排行榜

# 第56名　洞仙歌

蘇軾

【排行指標】

歷代選本入選次數：四四　在一〇〇篇中排名：五四

歷代評點次數：一二　在一〇〇篇中排名：五五

唱和次數：九　在一〇〇篇中排名：二一

當代研究文章篇數：二　在一〇〇篇中排名：七四

網路連結文章篇數：五五二〇〇　在一〇〇篇中排名：二九

**綜合分值：三・七三　總排名：五六**

僕七歲時，見眉山老尼①，姓朱，忘其名，年九十餘。自言嘗隨其師入蜀主孟昶宮中②。一日大熱，蜀主與花蕊夫人夜起避暑摩訶池上③，作一詞。朱具能記之。今四十年，朱已死，人無知此詞者。但記其首兩句。暇日尋味，豈〈洞仙歌令〉乎？乃為足之。

冰肌玉骨，自清涼無汗。水殿風來暗香滿。繡簾開、一點明月窺人，人未寢、攲枕釵橫鬢亂④。

起來攜素手，庭戶無聲，時見疏星渡河漢。試問夜如何，夜已三更，金波淡、玉繩低轉⑤。但屈指、西風幾時來，又不道、流年暗中偷換。

**【注釋】**

①眉山：作者家鄉，今四川眉山東坡區。

②孟昶：五代時後蜀後主，能填詞，知音律，在位三十一年，後降宋亡國。

③花蕊夫人：孟昶寵妃。徐國璋女，拜貴妃，別號花蕊夫人。摩訶池：後蜀宮池，在宣華苑內。摩訶，梵語，兼有大、多、美等義。

④攲枕：斜倚枕上。攲，傾斜。

⑤「金波」句：謂夜深。金波，喻月光。玉繩，星名，北斗斗柄末二星。

## 解讀

這首詞作於蘇軾貶居黃州時。從詞前小序可知，此詞是接後蜀國君孟昶詞的首兩句，據孟昶與其寵妃花蕊夫人當年摩訶池上納涼之事續寫而成。至於續寫之由，或許如宋人所說，是「托花蕊以自解耳」。但蘇軾的〈秋懷〉詩應當是其所托之意的最好注解，詩曰：「苦熱念西風，常恐來無時。及茲遂淒凜，又作徂年悲。」

比起詩作的直白議論來，此詞則「風流超逸」、「人境雙絕」、宛轉流麗，不但深具要眇宜修之美質，而且蘊含著深刻的人生哲理，確是宋詞中的經典名篇。事實上，胡仔早就指出這首詞是蘇詞中的「傑出者」，是一首「絕去筆墨畦徑間，直造

起來攜素手，
庭戶無聲，
時見疏星渡河漢。

古人不到處，真可使人一唱而三歎」的「佳詞」。

看排行指標，在權重最大的入選項上，此詞以四十四次的入選數排在單榜的第五十四位。歷代文人也對其投入了較多的關注，僅《唐宋詞彙評》就收錄了十二次評點，列評點榜第五十五位。另外，其在文人唱和與當代網路上的影響也不小，分別列單榜的第二十一和二十九位，在一定程度上提升了這首詞的綜合實力。但由於唱和的影響範圍有限，當代網路的影響時間又短，加之二十世紀的研究文章又不多，致使這首詞最終只排在宋詞排行榜的第五十六位。

宋詞排行榜

# 第57名　蝶戀花

蘇軾

【排行指標】

歷代選本入選次數：四四　在一〇〇篇中排名：五四

歷代評點次數：九　在一〇〇篇中排名：七三

唱和次數：五　在一〇〇篇中排名：三七

當代研究文章篇數：八　在一〇〇篇中排名：四八

網路連結文章篇數：七二二〇〇　在一〇〇篇中排名：二三

**綜合分值：三・七一　總排名：五七**

花褪殘紅青杏小。燕子飛時，綠水人家繞。枝上柳綿吹又少①。天涯何處無芳草。

牆裡秋千牆外道。牆外行人，牆裡佳人笑。笑漸不聞聲漸悄。多情卻被無情惱。

【注釋】

①柳綿：即柳絮。

## 解讀

蘇軾五十八歲被貶惠州時，身邊姬妾只有王朝雲相隨。據說蘇軾常讓朝雲唱這首〈蝶戀花〉，而朝雲每每唱到「枝上柳綿吹又少，天涯何處無芳草」二句時，都會為之泣下沾襟。這首詞確實淒婉多情，即使比起婉約大家柳永的作品來，也恐「屯田緣情綺靡，未必能過」。蘇軾不愧是詞壇名家，作豪放詞自能「指出向上一路，新天下耳目」，作婉約詞也同樣可以動人心弦。尤其是詞中「枝上柳綿」句，更被人稱讚為「奇情四溢」的奇句。

從排行資料來看，這首詞在各類讀者中都有較大的影響，且影響力有不斷上升的趨勢。批評型讀者中，歷代文人共有評點九次，列單榜第七十三位；現當代研究者共貢獻文章八篇，列單榜第四十八位。大眾讀者中，選本入選一項，古今共有四十四種選本選錄此詞，排名第五十四位；

當代網路上，其更以七萬餘次的連結數排名第二十三位。所有這些，都有效地提升了此詞的綜合影響力。

枝上柳綿吹又少。天涯何處無芳草。

宋詞排行榜

# 第58名　永遇樂

李清照

**【排行指標】**

歷代選本入選次數：四一　在一〇〇篇中排名：六二
歷代評點次數：八　在一〇〇篇中排名：七九
唱和次數：三　在一〇〇篇中排名：五五
當代研究文章篇數：一八　在一〇〇篇中排名：二一
網路連結文章篇數：二二五一九　在一〇〇篇中排名：六四
**綜合分值：三．六八　總排名：五八**

落日鎔金，暮雲合璧，人在何處。染柳煙濃，吹梅笛怨①，春意知幾許。元宵佳節，融和天氣，次第豈無風雨②。來相召、香車寶馬，謝他酒朋詩侶。

中州盛日③，閨門多暇，記得偏重三五④。鋪翠冠兒⑤，撚金雪柳⑥，簇帶爭濟楚⑦。如今憔悴，風鬟霜鬢⑧，怕見夜間出去⑨。不如向、簾兒底下，聽人笑語。

【注釋】

①吹梅笛怨：笛子吹奏出〈梅花落〉的曲調。梅，即〈梅花落〉，漢樂府橫吹曲名，曲調哀怨。
②次第：頃刻，轉眼。
③中州：這裡指北宋都城汴京。
④三五：此指正月十五上元節。
⑤鋪翠冠兒：用翡翠或翠羽裝飾的女式帽子。
⑥撚金雪柳：製作材料中嵌入了彩色絹紙或金色絲線的雪柳飾物。
⑦簇帶：插戴。濟楚：整齊，漂亮。
⑧風鬟霜鬢：髮髻蓬亂花白。
⑨怕見：怕得或懶得。

## 解讀

李清照晚年寓居臨安時寫的這首〈永遇樂〉，飽含著無限的故國之思和身世之感。其情感之深沉悲愴，足可動人心魄。南宋末詞人劉辰翁讀到這首詞時，就禁不住潸然淚下，先後寫了兩首詞追和。

時光流逝，斗轉星移，當歷史的車輪駛入二十世紀的時候，詞中無比沉痛的故國之思再次引起了人們的關注。研究榜上，此詞共有十八篇文章發表，列單榜第二十一位。五項指標中，此項

染柳煙濃，吹梅笛怨，春意知幾許。

成績最為突出，排名也最為靠前。入選榜上，雖然總共只入選了四十一種古今選本，排名第六十二位，但現當代卻有三十九次入選，超出百首名篇同期平均入選數十三次。與宋金、元明、清只分別入選一次、〇次和一次的情形相比，反差極大。可以說，二十世紀以來，這首詞不論在大眾讀者還是在研究型讀者中，都有著足夠的影響力，對於此詞最終入選百篇榜起到了至關重要的作用。

至於古代文人的評點，雖然次數不多，評價卻很高，也為這首詞的傳播起了積極作用。如宋人張端義就盛讚其描摹「工致」，「氣象」好，又手法高超，能「以尋常語度入音律」。

宋詞排行榜

# 第59名

# 念奴嬌

書東流村壁①

辛棄疾

【排行指標】

歷代選本入選次數：四二

歷代評點次數：一五

唱和次數：六

當代研究文章篇數：四

網路連結文章篇數：一四六七〇

**綜合分值：三・六一**

仕一〇〇篇中排名：五八

仕一〇〇篇中排名：三九

仕一〇〇篇中排名：三三

仕一〇〇篇中排名：六〇

仕一〇〇篇中排名：七四

**總排名：五九**

野塘花落，又匆匆、過了清明時節。剗地東風欺客夢②，一枕雲屏寒怯。曲岸持觴③，垂楊繫馬，此地曾經別。樓空人去，舊遊飛燕能說。

聞道綺陌東頭④，行人曾見，簾底纖纖月⑤。舊恨春江流不盡，新恨雲山千疊。料得明朝，尊前重見，鏡裡花難折。也應驚問，近來多少華髮。

【注釋】

①東流：指池州東流縣，在今安徽池州東至縣東流鎮。

②剗地：無端，平白地。

③觴：古代稱酒杯。

④綺陌：繁華的街道。綺，有花紋或圖案的絲織品。

⑤纖纖月：喻美人纖足，此借指美人。

## 解讀

宋孝宗淳熙五年（一一七八），辛棄疾從江西調往臨安任職，中途經過安徽池州東流縣時寫下此詞。據說，這首詞是詞人懷念當地相知的一位女子的，用以表達自己的思念之情和滄桑之感。中國文學向來有「香草美人」的表現手法，因而不少人認為此詞別有寄託，乃是抒寫國土淪喪、久未恢復的一腔幽憤。

正是對此詞主題的關注，使得其在評點榜上較有影響。歷代文人評點共十五次，列單榜第三十九位。在古代創作型讀者那裡，這首詞的影響也較大，共被唱和六次，排單榜第三十三位。同時，古代選家對此詞也青睞有加，入選的古代選本，宋代有兩種，元明有十九種，清代有十一種，均在百首宋詞同期平均入選數之上。

但進入二十世紀後，這首詞的影響力卻在下降。入選榜上，古今四十二種入選選本僅有十種來自現當代，比此期平均入選數少了十七次。二十世紀的研究型讀者對此詞的關注也不夠，僅有四篇論文，列單榜第六十位。同時，當代網路的連結數也不高，還不足一．五萬次，只名列第七十四位。

可見，這首詞能成為宋詞經典名篇的第五十九名，主要是得力於其在古代的影響。也許，在主張「詞須宛轉綿麗，淺至儇俏，挾春月煙花於閨帷內奏之」的明代，客途遇豔、美

舊恨春江流不盡，新恨雲山千疊。

人英雄的故事總能引起人們莫大的興趣；在提倡「義有隱幽」的清代，又有不少讀者從此詞的悲涼慷慨之氣中感知到某種寄託之意。而到了現當代，大放光彩的主要是辛棄疾那些「大聲鞺鞳，小聲鏗鍧，橫絕六合，掃空萬古」的英雄之詞，那些「不在小晏、秦郎之下」的「穠纖綿密」之作自然就會減色不少。

宋詞排行榜

# 第60名　定風波

蘇軾

**【排行指標】**

歷代選本入選次數：二五　在一〇〇篇中排名：九五

歷代評點次數：二　在一〇〇篇中排名：九四

唱和次數：〇　在一〇〇篇中排名：八四

當代研究文章篇數：一六　在一〇〇篇中排名：二七

網路連結文章篇數：一三一六〇〇　在一〇〇篇中排名：八

**綜合分值：三・五七　總排名：六〇**

三月七日①，沙湖道中遇雨②。雨具先去，同行皆狼狽，余獨不覺。已而遂晴，故作此。

莫聽穿林打葉聲。何妨吟嘯且徐行。竹杖芒鞋輕勝馬③。誰怕。一蓑煙雨任平生④。

料峭春風吹酒醒。微冷。山頭斜照卻相迎。回首向來蕭瑟處⑤。歸去。也無風雨也無晴。

【注釋】

①三月七日：指宋神宗元豐五年（一〇八二）三月七日，時作者正貶處黃州（今湖北黃岡）。

②沙湖：在黃州東南三十里。

③芒鞋：泛指草鞋。

④蓑：蓑衣，用草或棕毛編製而成。

⑤蕭瑟：風雨吹打林木的聲音。

## 解讀

宋神宗元豐五年（一〇八二）春，蘇軾和友人一起到黃州城南三十里外的沙湖看所置新田，途中突然遇雨。因為沒有雨具，一行人被淋得像落湯雞一樣，狼狽不堪。而唯獨蘇軾不以為然，還饒有興致地寫下了這首異常灑脫的〈定風波〉詞。

這首詞確實值得涵泳，它盡顯東坡先生超逸曠達之風神，就是我們現在讀起來，也不禁要為之心胸開闊起來。從平平常常的一場雨中，就能悟出不凡的人生哲理，實在是讓人嘆服。

但是，金子也常有被埋沒的時候。看排行資料，此詞在古代只約略可以見到它的影子。選本項上，僅有三種選本選錄此詞；評點項上，僅有兩次文人評點；唱和項上，唱和次數更是為〇，

一蓑煙雨任平生

在入選百首名篇的十幾首蘇詞中，交出了極為少見的白卷。看來，詞中卓然獨立、傲視流輩的形象和行為，在謹守「溫柔敦厚」庸腐教條的古代文人那裡，是不大受歡迎的。

好在二十世紀以來，這首詞終於現出了光彩。首先，它入選了二十二種現當代選本，較古代有大幅度的提升。其次，現當代的詞學研究者對此詞也表現出了濃厚興趣，共有十六篇文章發表，列單榜第二十七位。最後，在當代網路上，它可以說是宋詞中的網路「紅人」，以十三萬餘次的連結數，排在了引人注目的第八位。

在沉寂了千年之後，這首〈定風波〉終於在現當代讀者的大力推動下，成為了宋詞中響噹噹的經典名篇。

宋詞排行榜

# 第61名　生查子

歐陽修

【排行指標】

歷代選本入選次數：三一　　在一〇〇篇中排名：八六
歷代評點次數：五　　在一〇〇篇中排名：八八
唱和次數：〇　　在一〇〇篇中排名：八四
當代研究文章篇數：一二　　在一〇〇篇中排名：三四
網路連結文章篇數：一一四二〇〇　　在一〇〇篇中排名：一二
**綜合分值：三．五六**　　**總排名：六一**

去年元夜時①，花市燈如晝②。月上柳梢頭，人約黃昏後。

今年元夜時，月與燈依舊。不見去年人，淚滿春衫袖。

【注釋】

①元夜：農曆正月十五日上元節之夜。自唐代始，即有元夜觀燈習俗。

②花市：燈市。

## 解讀

受宋代風氣浸染，正氣浩然的一代文宗歐陽修年輕時也寫了不少纏綿悱惻的豔情詞。但有人從維護歐陽修的正面形象出發，認為這些豔詞全是歐氏「仇人無名子」所為，是嫁名、嫁禍於歐陽修的。那麼，這闋寫豔情的〈生查子〉是不是歐陽修的作品呢？南宋著名詞選家曾慥的態度很明朗，他在編選《樂府雅詞》時，明確將這首詞的著作權歸之於歐陽修。曾慥對歐陽修非常敬仰，遴選歐詞時也非常慎重，正如他在《樂府雅詞》序言中所說的：「當時或作豔曲，謬為公詞，今悉刪除。」但儘管如此，古代還是有不少人認為這首詞有傷風化，而把它歸到了秦觀、李清照、朱淑真等人的名下。

也正因為此，二十世紀以前，這首詞很為自詡雅正的文士們所側目，影響力微乎其微。看排行指標，這首詞在古代唱和榜上的紀錄為〇，歷代文人的評點也只有五次；歷代入選的三十一種選本中，古代也只有九種，比百首名篇在古代的平均入選數低了二十餘次。

而進入二十世紀以後，人們用現代眼光重新審視這首詞，對其特色和價值給予了極高的評價。表現在排行指標上，此詞共入選了二十二種現當代選本，較古代大為改觀。又先後有十二篇研究專文發表，列單榜第三十四位。當代網路上，它更是引人矚目，以十一萬餘次的連結數排在單榜的第十二位。正是在現當代讀者的積極推動下，這首美麗而傷情的約會詞終於以第六十一名的成績，晉身宋詞百首名篇之列。

王國維說：「大家之作，其言情也必沁人心脾，其寫景也必豁人耳目。其辭脫口而出，無矯揉妝束之態。以其所見者真、所知者深也。」用這話來評價這首詞，是再合適不過的。

月上柳梢頭，人約黃昏後。

宋詞排行榜

# 第62名　青門引

張先

【排行指標】

歷代選本入選次數：四八　在一〇〇篇中排名：四一

歷代評點次數：九　在一〇〇篇中排名：七三

唱和次數：一　在一〇〇篇中排名：六六

當代研究文章篇數：一　在一〇〇篇中排名：八四

網路連結文章篇數：一三三七五〇　在一〇〇篇中排名：七

**綜合分值：三．五二**　**總排名：六二**

乍暖還輕冷。風雨晚來方定。庭軒寂寞近清明，殘花中酒①，又是去年病。

樓頭畫角風吹醒②。入夜重門靜。那堪更被明月，隔牆送過秋千影。

【注釋】

①中酒：醉酒。中，傷。

②樓：指城上戍樓。

## 解讀

這首〈青門引〉，抒寫的是宋詞中的常見主題——傷春。能從眾多同類題材的作品中脫穎而出，在詞人高超的表現手法，及通過作品所傳達出的人們共有的千年不變的無奈與傷感。詞中不僅有情味雋永、讓人涵詠不盡的名句「那堪更被明月，隔牆送過秋千影」，整首詞也含蓄細膩、意境深美，充分體現了張先詞的藝術特點。歷代文人對此詞愛賞有加，有贊其「句字皆佳」，有歎其「韻流弦外，神泣個中」，有評其「落寞情懷，寫來幽雋無比」。

看排行資料，歷代文人的九次評點，基本上都是針對這首詞的藝術特徵和審美特性。雖然此項排名僅為第七十三位，但對於這首詞的流行與傳播，功勞不小。當然，此詞之所以能成為宋詞排行榜上的第六十二名，更重要的還是以下兩個方面的因素：一是選本入選項上，其共入選了四十八種古今選本，排名第四十一位；其中，元明時期更是入選了二十二種選本中的二十一種，影響甚大。二是在當代網路上，其連結數高達十三萬餘次，排單榜第七位，成績驚人；僅此一項，也足可使其成為宋詞中的經典名篇了。

宋詞排行榜

# 第63名　少年遊

周邦彥

**【排行指標】**

歷代選本入選次數：四一　在一〇〇篇中排名：六二

歷代評點次數：二四　在一〇〇篇中排名：八

唱和次數：三　在一〇〇篇中排名：五五

當代研究文章篇數：一　在一〇〇篇中排名：八四

網路連結文章篇數：一五八三〇　在一〇〇篇中排名：七一

**綜合分值：三．四五　總排名：六三**

并刀如水①，吳鹽勝雪②，纖手破新橙。錦幄初溫，獸煙不斷③，相對坐調笙。

低聲問，向誰行宿④，城上已三更。馬滑霜濃，不如休去，直是少人行。

【注釋】

①并刀：古代并州（今山西汾河中游一帶）出產的刀剪，以鋒利著稱。

②吳鹽：吳地（今江蘇南部和浙江北部一帶）所產的鹽，以細白著稱。用鹽可除去新橙酸味。

③獸：獸形香爐。

④行：指示處所的助詞。

## 解讀

宋詞中有不少作品與一些緋聞故事相關。這些緋聞故事的主人公，知名度最高的，當屬這首〈少年遊〉和前面已經提到的周邦彥的另一首作品〈蘭陵王．柳〉。因為，其中牽涉到三個響噹噹的人物：風流帝王宋徽宗、才子詞人周邦彥和一代名妓李師師。他們之間，曾經熱熱鬧鬧地上演了一齣戲謔而又雅致的古典版的「三角」情愛戲。

據說，宋徽宗一日微服出行，私訪京師名妓李師師。而此時，周邦彥也恰好在李師師處。驚聞皇帝駕到，周詞人避之不及，只好丟下斯文，慌慌張張地躲在了床下。有心的徽宗皇帝這次是帶了江南新貢的橙來的，帝、妓二人一邊分享新橙，一邊溫語調笑、對坐調笙，真個是好不愜意。而不料，這些全部都「直播」給了躲在床下的周大詞人。而周大詞人呢，也並不客氣，不僅不為尊者諱，相反還來了個來而不拒、「照單全收」。只見他彩筆輕輕一揮，一首風風流流的〈少年遊〉就問世了。後來，徽宗皇帝聽到李師師唱這首詞，問其所以，師師明以相告。惱羞成怒的皇帝佬這下不幹了，就找茬兒把周邦彥罷了官，趕離了京城。而事情到此還沒有完，好事者又煞有介事地補續說，周邦彥離開京城時，李師師前去相送，周又作了一首詞贈別，就是那首著名的〈蘭陵王・柳〉。

如此緋聞，再加上周邦彥情涉私密卻又不染狎邪的詞筆，確實贏得了古代不少批評型讀者的讚賞。如周濟就評說：「本色至此便足，再過一分，便入山谷惡道。」

統計資料顯示，這首詞確實在批評

獸煙不斷，相對坐調笙。

型讀者中影響巨大，歷代共有評點二十四次，列單榜第八位。這一不俗的成績，為此詞進入宋詞百篇榜奠定了極為堅實的基礎。同時，此詞以不凡手筆描摹的世俗風情畫，也頗受大眾讀者的歡迎。選本入選項上，其共入選了歷代選本四十一個，排單榜第六十二位。網路連結數也達一．五萬餘次，列單榜第七十一位。

既有故事，又有文采，這首〈少年遊〉可說是宋詞經典中的又一種類型。

宋詞排行榜

# 第64名

# 賀新郎

送胡邦衡待制①

張元幹

**【排行指標】**

歷代選本入選次數：四八　在一〇〇篇中排名：四一

歷代評點次數：一七　在一〇〇篇中排名：三〇

唱和次數：〇　在一〇〇篇中排名：八四

當代研究文章篇數：四　在一〇〇篇中排名：六〇

網路連結文章篇數：二〇五二〇　在一〇〇篇中排名：六七

**綜合分值：三・四三**　**總排名：六四**

夢繞神州路②。悵秋風、連營畫角，故宮離黍③。底事崑崙傾砥柱④。九地黃流亂注。聚萬落、千村狐兔。天意從來高難問，況人情、老易悲難訴⑤。更南浦，送君去。

涼生岸柳催殘暑。耿斜河、疏星淡月⑥，斷雲微度。萬里江山知何處。回首對床夜語。雁不到、書成誰與⑦。目盡青天懷今古，肯兒曹、恩怨相爾汝⑧。舉大白⑨，聽〈金縷〉⑩。

【注釋】

①胡邦衡：胡銓，字邦衡。待制：官名。胡銓升寶文閣待制在孝宗乾道七年（一一七一），時張元幹已去世，此處「待制」一詞當為後人所加。

②神州：此指中原淪陷地區。

③故宮：指北宋故都汴京的宮殿。

④崑崙傾砥柱：指北宋滅亡。傳說崑崙山有天柱。

⑤「天意」二句：化用杜甫「天意高難問，人情老易悲」詩意。天意，隱指皇帝意。老易悲，時詞人已年過半百。

⑥耿：明亮。斜河：銀河斜轉，表示夜深。

⑦「雁不到」句：北雁南飛，止於衡陽，而胡銓編管之地新州又遠在衡陽之南，故無法傳書。

⑧「肯兒曹」句：化用韓愈「昵昵兒女語，恩怨相爾汝」詩意。兒曹，指為兒女情腸牽繞的人。爾汝，用「爾」、「汝」之類較隨意的詞，表示關係親暱。

⑨大白：大酒杯。

⑩金縷：即〈金縷曲〉，〈賀新郎〉詞調別名。

## 解讀

宋高宗紹興八年（一一三八），胡銓上書反對與金人議和，並請斬主和者秦檜、王倫、孫近人頭，以謝天下。一封朝奏，觸怒了實際上以宋高宗為首的主和派。在很多朝臣的援救下，胡銓雖然得以保全性命，但還是被遠貶福州。紹興十二年（一一四二），貶處福州的胡銓又遭人誣陷，被削去官職，羈送廣東新州編管。接二連三的政治迫害，使得胡銓的平素友善者，皆「避嫌畏禍，唯恐去之不速」，「一時士大夫畏罪鉗舌，莫敢與立談」。而此時唯獨同在福州的張元幹敢

更南浦，送君去。

名。於挺身而出，不顧個人安危，寫下這首慷慨的〈賀新郎〉詞送別胡銓。數年後，張元幹作詞送胡銓事終被秦檜聞知。張元幹此時雖已辭官多年，秦檜仍餘怒難消，指使大理寺尋隙將其削職除名。

仕途榮辱不過繫於一時，而這首〈賀新郎〉卻因其壯氣淋漓而成為張元幹《蘆川詞》的壓卷之作，千百年來為人們恆久傳頌。正如楊慎所言：「此雖不工亦當傳，況工致悲憤如此，宜表出之。」

看排行指標，決定這首詞躋身宋詞百首名篇的最關鍵的因素，是歷代文人的評點。此項排名最為靠前，列單榜第三十位。在總共十七次的評點中，有十三次都特別提到了張元幹與胡銓的關係。二十世紀以來，隨著愛國詩詞的備受關注，這首詞也得到了人們的充分肯定。選入此詞的歷代四十八種選本中，有四十種來自於現當代，成績顯赫。另外，又有研究文章四篇，網路連結數也達到兩萬餘次，分別列單榜的第六十和六十七位，影響都不小。不過，古代唱和次數為〇，古代選本入選數只有八種，還是明顯降低了這首詞的綜合實力，使其最終只排在了宋詞排行榜的第六十四位。

宋詞排行榜

# 第65名　唐多令

劉過

【排行指標】

歷代選本入選次數：四四　在一〇〇篇中排名：五四

歷代評點次數：一三　在一〇〇篇中排名：五〇

唱和次數：八　在一〇〇篇中排名：二四

當代研究文章篇數：〇　在一〇〇篇中排名：九二

網路連結文章篇數：七五一〇　在一〇〇篇中排名：九一

**綜合分值：三・三九　總排名：六五**

安遠樓小集①，侑觴歌板之姬黃其姓者②，乞詞於龍洲道人③，為賦此〈唐多令〉。同柳阜之、劉去非、石民瞻、周嘉仲、陳孟參、孟容④。時八月五日也。

蘆葉滿汀洲⑤。寒沙帶淺流。二十年、重過南樓⑥。柳下繫船猶未穩，能幾日、又中秋。

黃鶴斷磯頭⑦。故人今在不⑧。舊江山、渾是新愁⑨。欲買桂花同載酒，終不似、少年遊。

**【注釋】**

①安遠樓：故址在今湖北武昌黃鶴山上。

②侑觴：勸酒。侑，勸。觴，古代稱酒杯。歌板之姬：即歌妓。

③龍洲道人：詞人自號。

④柳阜之等人：皆詞人友。

⑤汀洲：水中小洲。

⑥南樓：即安遠樓。

⑦黃鶴斷磯：即黃鶴磯，在黃鶴山西北，臨長江，上有著名的黃鶴樓。磯，江邊突出的岩石或小石山。

⑧不：同「否」。

⑨渾是：全是。

## 解讀

劉過為人豪爽近俠，他的詞向來以雄放著稱。但這首〈唐多令〉，卻寫得曲折含蓄，不盡之意見於言外。這裡，沒有淋漓暢快的直抒胸臆，有的是欲說還休的委婉抒情，讀者盡可以從中品詠那豐富悠長的韻味。也因此，這首詞被視為「小令中工品」，是詞人的「得意之筆」。看來，婉曲的詞筆不僅適合於表達風月柔情，也可以表現深沉的家國之感，並能讓人「讀之下淚」。難怪後人要感歎此詞：「數百年來絕作，使人不復以花間眉目限之。」

據記載，這首詞寫成後，「楚中歌者競唱之」，可見其流傳之廣。這首詞在古代選本中的入選成績，也可以證實這一點。傳世的宋代四大選本中，有三種選錄了此詞，入選率最高；明代入選了十七種選本，超過同期平均入選數五種；清代入選數為七種，接近同期平均入選數。評點榜上，這首詞的成績也較為可觀，僅《唐宋詞彙評》就收錄了十三次評點，列單榜第五十位。至於

蘆葉滿汀洲。寒沙帶淺流。

唱和榜，其更是以八次唱和排在單榜的第二十四位。其中，僅南宋末劉辰翁在臨安失陷後，就接連追和了七首！可見，詞中「舊江山、渾是新愁」所流露的情感是多麼深摯感人。

而到了現當代，這首詞的影響力則明顯下降，各項指標均比較靠後。古高今低，就是這首詞的傳播特色。

宋詞排行榜

# 第66名 臨江仙

晏幾道

**【排行指標】**

歷代選本入選次數：四七　在一〇〇篇中排名：四五

歷代評點次數：一一　在一〇〇篇中排名：五八

唱和次數：〇　在一〇〇篇中排名：八四

當代研究文章篇數：九　在一〇〇篇中排名：四四

網路連結文章篇數：三四七〇〇　在一〇〇篇中排名：二二

**綜合分值：三・三九**

**總排名：六六**

夢後樓台高鎖，酒醒簾幕低垂。去年春恨卻來時①。落花人獨立，微雨燕雙飛②。

記得小初見③，兩重心字羅衣④。琵琶弦上說相思。當時明月在，曾照彩雲歸⑤。

**【注釋】**

①卻來：歸來，又來。卻，回轉，再。

②「落花」二句：語出五代翁宏詩：「又是春殘也，如何出翠幃？落花人獨立，微雨燕雙飛。寓目魂將斷，經年夢亦非。那堪向愁夕，蕭颯暮蟬輝。」

③小：詞人朋友家的歌妓。

④心字羅衣：謂衣領曲如心字，或衣服上繪有心字圖案。也有衣服經心字香熏過之說。

⑤彩雲：喻美女。語出李白詩：「只愁歌舞散，化作彩雲飛。」此指小。

## 解讀

作為貴公子，晏幾道曾有過一段流連詩酒的生活。他時常與好友沈廉叔、陳君龍一起賦詩填詞、聽歌賞舞。其間，有四位才色俱佳、美麗多情的侍兒侑酒佐歡，分別名喚蓮、鴻、蘋、雲。但好景不長，兩位好友先後或病或逝，席間歌兒亦相繼離開，流散人間。這首〈臨江仙〉，寫的就是晏幾道與小相識相知並最終離散的情事。

此詞乃詞人用真情與癡意寫就，「語淺意深，有迴腸盪氣之妙」，在讀者中有較大影響。看排行指標，歷代文人評點十一次，列單榜第五十八位。特別是詞中「落花人獨立，微雨燕雙飛」

二句，歷來廣受青睞。有評其「名句千古，不能有二」的，有歎其「既閒雅，又沉著，當時更無敵手」的，甚至還有贊其「雅絕、韻絕、厚絕、深絕」的。其他各項，選本入選方面，此詞共入選了四十七種古今選本，列單榜第四十五位；當代網路上，其連結數達到三萬餘次，列單榜第四十二位；研究文章也有九篇，列單榜第四十四位。綜觀各項指標，除唱和項外，其他各項指標均比較平衡，並最終使此詞排在宋詞排行榜的第六十六位。

與其他一些經典名篇不同，這首詞並沒有出現古今影響指數反差極大的情形，而是古今同賞、魅力恆常。

落花人獨立，微雨燕雙飛。

宋詞排行榜

# 第67名　玉樓春

宋祁

【排行指標】

歷代選本入選次數：四七　在一〇〇篇中排名：四五
歷代評點次數：九　在一〇〇篇中排名：七三
唱和次數：三　在一〇〇篇中排名：五五
當代研究文章篇數：一〇　在一〇〇篇中排名：三九
網路連結文章篇數：一二三三〇　在一〇〇篇中排名：七九
**綜合分值：三．二三　總排名：六七**

東城漸覺風光好。縠皺波紋迎客棹①。綠楊煙外曉寒輕，紅杏枝頭春意鬧。

浮生長恨歡娛少。肯愛千金輕一笑②。為君持酒勸斜陽，且向花間留晚照。

**【注釋】**

①縠皺：縐紗似的皺紋，此喻波紋之細。縠，有皺紋的紗。

②肯：怎肯。

## 解讀

「紅杏枝頭春意鬧」，是宋詞中流傳極廣的名句，這首〈玉樓春〉即因此而蜚聲詞壇，作者宋祁也因此獲得了「紅杏尚書」的雅號。《唐宋詞彙評》中收錄的九次評點，除李漁認為「若紅杏之在枝頭，忽然加一鬧字，此語殊難解」外，其餘多是服膺讚美之辭。如劉體仁認為「一『鬧』字卓絕千古」，王國維認為「著一『鬧』字，而境界全出」，唐圭璋認為「『鬧』字尤能撮出花繁之神，宜其擅名千古也」，等等。

看排行資料，選本入選榜上，這首詞先後入選了四十七種古今選本，列單榜第四十五位。到了二十世紀，其也以十篇研究專文列單榜第三十九位。最終，此詞以總榜第六十七名的成績躋身宋詞百首名篇之列。

綠楊煙外曉寒輕，紅杏枝頭春意鬧。

宋詞排行榜

# 第68名 念奴嬌

姜夔

【排行指標】

歷代選本入選次數：三三　在一〇〇篇中排名：八〇
歷代評點次數：九　在一〇〇篇中排名：七七
唱和次數：〇　在一〇〇篇中排名：八四
當代研究文章篇數：四　在一〇〇篇中排名：六〇
網路連結文章篇數：二三八二〇　在一〇〇篇中排名：六一
**綜合分值：三・〇七　總排名：六八**

予客武陵①，湖北憲治在焉②。古城野水，喬木參天。予與二三友日蕩舟其間，薄荷花而飲③。意象幽閒，不類人境。秋水且涸，荷葉出地尋丈④。因列坐其下，上不見日。清風徐來，綠雲自動。間於疏處窺見遊人畫船，亦一樂也。朅來吳興⑤，數得相羊荷花中⑥。又夜泛西湖，光景奇絕。故以此句寫之。

鬧紅一舸，記來時、嘗與鴛鴦為侶。三十六陂人未到⑦，水佩風裳無數⑧。翠葉吹涼，玉容銷酒⑨，更灑菰蒲雨⑩。嫣然搖動，冷香飛上詩句。日暮。青蓋亭亭，情人不見，爭忍凌波去。只恐舞衣寒易落，愁入西風南浦。高柳垂陰，老魚吹浪，留我花間住。田田多少⑪，幾回沙際歸路。

---

【注釋】

①武陵：今湖南常德。

②湖北憲治在焉：時武陵為荊南荊湖北路提點刑獄官署所在地。憲，提點刑獄司的簡稱。宋地方最高司法機構。

③薄：接近。

④尋：古代長度單位，一尋為八尺。

⑤朅：發語詞，無實意。吳興：今浙江湖州。

⑥相羊：同「徜徉」，指安閒自得地走動。

⑦三十六陂：地名，在今江蘇揚州。這裡泛指陂塘多。陂，池塘。

⑧水佩風裳：化用李賀「風為裳，水為佩」詩意。此指荷花、荷葉。

⑨玉容銷酒：指美人面帶酒暈，此喻荷花花色淺紅。銷，融，化。

⑩菰蒲：菰、蒲，兩種水生植物。

⑪田田：荷葉相連貌。語出古樂府「江南可採蓮，蓮葉何田田」。

**解讀**

這首〈念奴嬌〉是宋詞中吟詠荷花的名篇。

和大多數上榜名篇總是獲得一邊倒的讚譽不同，這首詞歷代反響不一，有的力挺，有的苛責，可謂毀譽參半。《唐宋詞彙評》收錄的九次評點中，有的讚賞它意趣深遠、韻致高雅、造語新奇，有的認為它似「霧裡看花」，根本不能與得荷之「神理」的周邦彥的〈蘇幕遮〉（燎沉香）相比（王國維《人間詞話》）。

客觀地說，這確是一首難得的佳作。從韻致上看，其可謂「一洗華靡，獨標清綺，如瘦石孤花，清笙幽磬」。從技法上看，詞人似乎有意避直取曲，用「水佩風裳」、「玉容銷酒」等擬

鬧紅一舸，記來時、嘗與鴛鴦為侶。

人手法傳達荷之風神。這不是那種第一眼看上去就能打動人心的作品，它需要讀者在心無旁騖、靜然凝寂的狀態中展開想像，細細涵詠，把捉它的美處，體味它的情思。否則，就真的會如王國維所說的那樣，終覺隔著一層。

總之，這首詞不能說不出色，但也確實缺少直指人心的藝術魅力。正面、負面相互牽絆，加之唱和次數為〇，其他各項成績又不是很突出，其最終名次只排在宋詞排行榜的第六十八位。

宋詞排行榜

# 第69名 西河

## 金陵懷古

周邦彥

**【排行指標】**

歷代選本入選次數：五〇 在一〇〇篇中排名：三九

歷代評點次數：一四 在一〇〇篇中排名：四六

唱和次數：七 在一〇〇篇中排名：二八

當代研究文章篇數：一 在一〇〇篇中排名：八九

網路連結文章篇數：八三三〇 在一〇〇篇中排名：八四

**綜合分值：三．〇七 總排名：六九**

佳麗地。南朝盛事誰記①。山圍故國繞清江，髻鬟對起。怒濤寂寞打孤城，風檣遙度天際②。

斷崖樹，猶倒倚。莫愁艇子曾繫③。空餘舊跡鬱蒼蒼，霧沉半壘④。夜深月過女牆來，傷心東望淮水⑤。

酒旗戲鼓甚處市。想依稀、王謝鄰里。燕子不知何世。向尋常、巷陌人家，相對如說興亡，斜陽裡⑥。

【注釋】

①南朝：我國南北朝時期，據有江南地區的宋、齊、梁、陳四朝的總稱。皆定都建康（古金陵）。

②「山圍」四句：化用劉禹錫「山圍故國周遭在，潮打空城寂寞回」詩意。髻鬟對起，言金陵附近長江兩岸峰巒對峙，如婦人頭上的髻鬟。

③莫愁艇子：〈石城樂〉和中有「莫愁」聲：「莫愁在何處？莫愁石城西。艇子打兩槳，催送莫愁來。」一說為石城即金陵，今南京西水西門外有莫愁湖。

④半壘：指殘存的舊時營壘。

⑤「夜深」二句：化用劉禹錫「淮水東邊舊時月，夜深還過女牆來」詩意。淮水，指秦淮河。

⑥「想依稀」五句：化用劉禹錫〈烏衣巷〉「朱雀橋邊野草花，烏衣巷口夕陽斜。舊時王謝堂前燕，飛入尋常百姓家」詩意。王謝，指東晉王、謝等豪門大族。陌，街道。

## 解讀

在宋代詞人中，周邦彥有一項特長，就是善於化用前人詩句，並由此構築渾融一體的美妙詞境。宋人張炎早就指出過周詞的這一特點，說：「美成詞只當看他渾成處，於軟媚中有氣魄，采唐詩融化如自己者，乃其所長。」這首〈西河．金陵懷古〉就是這樣的一首典型作品。正如陳廷焯所說：「此詞純用唐人成句融化入律，氣韻沉雄，蒼涼悲壯，直是壓遍古今。金陵懷古詞，古今不可勝數，要當以美成此詞為絕唱。」同時，詞人還能巧妙地將深沉的今昔盛衰之感融於「借來」的景物中，而不是直接用史事進行議論，含蓄蘊藉，耐人品味。詞中，金陵古城的山水風物、巷陌人家，無不浸潤著歲月的滄桑與歷史盛衰的印記。這裡沒有述及驚天動地的軍國大事，而只鋪敘尋常景物，卻凸顯了歷史感，使得此詞神韻悠遠，備受人們的稱道。

此詞在流傳過程中，以上特點獲得了歷代文人的交口稱讚。十四次評點中，大多論及了此點，評點榜上第四十六位的排名也可以見出其不凡的影響力。同時，這首詞和周邦彥

夜深月過女牆來，傷心東望淮水。

的其他名篇一樣，也是文人樂意效仿的對象，唱和榜上共有七次唱和，排單榜第二十八位。另外，與周詞在選本入選榜上大都排名較為靠後的情況不同，這首詞共入選了五十種古今選本，在權重最大的入選項上排名第三十九位。此項不僅進一步擴大了詞作的影響力，而且促使其登上了宋詞百首名篇的排行榜。

不過，二十世紀以來，這首詞的各項資料和排名都比較靠後。這首曾被認為使王安石〈桂枝香·金陵懷古〉一詞「獨步不得」的詞作，最終只排在了宋詞排行榜的第六十九位。

宋詞排行榜

# 第70名 長亭怨慢

姜夔

【排行指標】

歷代選本入選次數：三三 在一〇〇篇中排名：八四

歷代評點次數：一三 在一〇〇篇中排名：五〇

唱和次數：九 在一〇〇篇中排名：二一

當代研究文章篇數：二 在一〇〇篇中排名：七四

網路連結文章篇數：一六六二〇 在一〇〇篇中排名：七〇

**綜合分值：三・〇三** **總排名：七〇**

予頗喜自製曲，初率意為長短句，然後協以律，故前後闋多不同。桓大司馬云①：「昔年種柳，依依漢南。今看搖落，悽愴江潭。樹猶如此，人何以堪。」②此語予深愛之。

漸吹盡、枝頭香絮。是處人家，綠深門戶。遠浦縈回③，暮帆零亂向何許。閱人多矣，誰得似、長亭樹。樹若有情時，不會得、青青如此。

日暮。望高城不見，只見亂山無數。韋郎去也，怎忘得、玉環分付④。第一是、早早歸來，怕紅萼、無人為主。算空有并刀，難剪離愁千縷。

【注釋】

①桓大司馬：即東晉桓溫，明帝婿，官至大司馬。

②「昔年」六句：語出自庾信〈枯樹賦〉。漢南，漢水之南。

③遠浦：遠處的水邊。常指送別之地。

④「韋郎」二句：用唐代韋皋贈婢女玉簫玉指環定情，過期後韋皋未至，玉簫絕食而死典故。

**解讀**

這首〈長亭怨慢〉是姜夔以健筆寫柔情的代表詞作之一。

從某種程度上說，此詞是清人造就的名篇。

選本入選項上，此詞共入選了三十二種古今選本，其中有十四種是清代選本，比百首名篇同期平均入選數多六次。而在宋金、元明和現當代，對應的數字都比各期的平均數低，分別低兩次、七次和十四次。與此相應，在唱和榜上，清代的創作型讀者對此詞也給予了高度關注，在總共九次的唱和中，清人占了八次。另外，在批評型讀者中，此詞的影響力也以清人為最，歷代的十三次評點中，八次都來自清代，占總數的三分之二。

遠浦縈回，暮帆零亂向何許。

由此可見，這首詞最終能進入宋詞百首名篇，清人的努力實在是功莫大焉。其原因，主要是浙西詞派對姜夔詞的推重，使得姜夔的許多作品都能夠在清代享譽一時。

宋詞排行榜

# 第71名 清平樂

辛棄疾

【排行指標】

歷代選本入選次數：三〇　在一〇〇篇中排名：九〇

歷代評點次數：〇　在一〇〇篇中排名：一〇〇

唱和次數：〇　在一〇〇篇中排名：八四

當代研究文章篇數：一九　在一〇〇篇中排名：二〇

網路連結文章篇數：二九八〇〇　在一〇〇篇中排名：五〇

**綜合分值：三・〇三　總排名：七一**

茅簷低小。溪上青青草。醉裡吳音相媚好①。白髮誰家翁媼②。

大兒鋤豆溪東。中兒正織雞籠。最喜小兒無賴③，溪頭臥剝蓮蓬。

【注釋】

①吳音：吳地方音。辛棄疾閒居的江西上饒和鉛山，春秋時屬吳地。

②媼：老年婦女。

③無賴：頑皮，可愛。

## 解讀

這是一首淡而有味的小詞。

這是一曲寧靜、平和、樸素而充滿天倫之樂的田園牧歌，讀來令人賞心悅目。詞作明白如話，似乎並沒有評析的餘地，也沒有評析的必要，人們只輕輕鬆鬆地讀之味之即可。因而，古時甚愛指點文字的文士們，在此詞面前也保持了沉默，歷代評點次數為○。

這是一幅農村五口之家生動和諧的生活寫照，最簡單、最樸素的語言中體現了詞人駕馭語言的深厚功力，顯示了詞人對生活的敏銳感受。這裡沒有濃墨重彩，不見雕琢痕跡，完全達到了「清水出芙蓉，天然去雕飾」的境地。或許這樣的詞實在是難以效仿，因而在唱和榜上，此詞的唱和數也是○。

古代詞選家們似乎也忽視了這樣一首精美小詞的存在，宋、明、清三代僅分別入選過一種、○種和兩種選本。但儘管如此，這首詞最終還是進入了宋詞百首名篇榜，並榮登排行榜的第七十一位，其中原因，自然要歸功於現當代讀者對其給予的極大關注和充分肯定。

看排行數據：二十世紀的研究者們共貢獻了十九篇研究專文，列單榜第二十位，對這首詞的最終排名起了決定性的作用；當代網路上，其連結數也不低，有近三萬篇次，排名第五十位；與此同時，更多的選家也將這首詞編入選本，二十七次的入選數，高出了宋詞百篇在現當代的平均入選率。

在田園牧歌式的生活離我們越來越遠的時候，這首詞之吸引我們的視線，是再自然也不過的事情。

茅簷低小。溪上青青草。

佳音密耗，寄將秦鏡，偷換韓香。

子內心的糾結痛苦可想而知。在歷史傳播過程中，此詞濃烈的情感，尤其是結末「天便教人，霎時廝見何妨」的率真表達，贏得了不少文人讀者的肯定與讚賞。譬如，有的說「美成真深於情者」，有的說「此等語愈樸愈厚，愈厚愈雅，至真之情，由性靈肺腑中流出，不妨說盡而愈無盡」。不過，此詞也受到過不少批評。如張炎就從「詞欲雅而正，志之所之，一為情所役，則失其雅正之音」的觀點出發，指出此詞「最苦夢魂，今宵不到伊行」、「天便教人，霎時廝見何妨」等句是「所謂淳厚日變成澆風也」。葉申薌也說：「此詞雖極情致纏綿，然律以名教，恐亦有傷風雅也。」

其實，無論批評還是讚美，在人們的評說過程中，這首詞的影響已在隨之擴大。而且正是歷代文人的評點，將這首詞推進了宋詞百首名篇。看排行指標，歷代評點這一項影響最大，從宋至今共有十六次評點，單榜排名第三十五位，整整高出其總體排名一倍之多。而其他各項，歷代選本、二十世紀詞學研究及當代網路連結等，排名則低至七十乃至九十位之後，影響都比較小。即使歷代唱和有四次，列單榜第四十六位，但因此項權重低，且唱和又全在宋代，故影響也十分有限。

所以，這首詞可說是宋詞名篇的另一種類型，即一項成績突出，即可確立整首詞的經典地位。

宋詞排行榜

# 第73名

# 大酺

春雨

周邦彥

【排行指標】

歷代選本入選次數：三三　在一〇〇篇中排名：八一

歷代評點次數：一七　在一〇〇篇中排名：三〇

唱和次數：五　在一〇〇篇中排名：三七

當代研究文章篇數：二　在一〇〇篇中排名：七四

網路連結文章篇數：四七〇〇　在一〇〇篇中排名：九八

**綜合分值：二．九八**　**總排名：七三**

對宿煙收，春禽靜，飛雨時鳴高屋。牆頭青玉旆①，洗鉛霜都盡，嫩梢相觸。潤逼琴絲，寒侵枕障，蟲網吹黏簾竹。郵亭無人處②，聽簷聲不斷，困眠初熟。奈愁極頻驚，夢輕難記，自憐幽獨。

行人歸意速。最先念、流潦妨車轂③。怎奈向、蘭成憔悴④，衛玠清羸⑤，等閒時、易傷心目。未怪平陽客，雙淚落、笛中哀曲⑥。況蕭索、青蕪國⑦。紅糝鋪地⑧，門外荊桃如菽⑨。夜遊共誰秉燭。

**【注釋】**

①青玉旆：喻指初春時樹梢搖曳的枝葉。玉旆，古代帝王冠冕前後懸垂的玉串。

②郵亭：古時供傳遞文書者或旅客沿途休息的處所。

③流潦：雨後地面流動的積水。轂：車輪中心有洞可以插軸的部分，此代指車輪。

④蘭成：南北朝文學家庾信小字。庾信初仕梁，後出使西魏，被羈留於長安，常懷故國之思。

⑤衛玠：西晉名士，有「玉人」之稱，有羸疾。羸：瘦弱。

⑥「未怪」二句：東漢馬融為督郵，獨臥郿平陽鄔中，有客吹笛為〈氣出〉、〈精列〉、〈相和〉，甚悲而樂之。平陽，平陽鄔，在今陝西眉縣。

⑦青蕪：雜草叢生貌。

⑧紅糝：指落花。糝，方言，米粒。

⑨荊桃：櫻桃別名。菽：豆類。

## 解讀

春雨，在文人雅士的筆下，或飽含著喜悅，或浸透著憂愁，總和他們的心緒相關相融。嚴冬過後，一陣春雨可以催生無數的憧憬與希望。然而，「無邊絲雨細如愁」，綿綿春雨也總能引出他們的失落與惆悵。宋詞百首名篇中，詠春雨的名篇除了前面已經提到的史達祖的〈綺羅香〉（做冷欺花）外，就是周邦彥的這首〈大酺〉了。和詞人們敏感多愁的氣質一樣，這兩首作品都籠罩在一片濃郁的春愁意緒中。

細細品味，這首詞也確實寫得「淒清落寞，令人惻惻」，而且，結構、遣詞都到了圓熟融貫的地步。結構上，如上闋結尾「自憐幽獨」照應下闋結末「共誰秉燭」，便是「如常山蛇勢，首尾自相擊應」；用語如「流潦妨車轂」等，更是「托想奇拙」，讓人嘆服。

因此，這首詞獲得了歷代文士們的較多關注。評點榜上，其以十七次的評點數列單榜第三十位。唱和榜上，它也有五首和詞，列單榜第三十七位。這兩項成績終使其擁有了足夠的競爭力，並榮列宋詞排行榜的第七十三位。

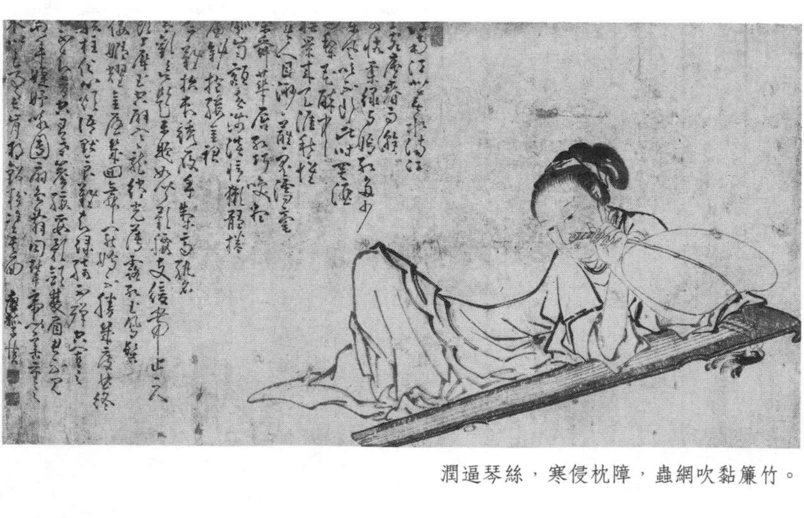

潤逼琴絲，寒侵枕障，蟲網吹黏簾竹。

宋詞排行榜

# 第74名　水龍吟

章楶

【排行指標】

歷代選本入選次數：二八　　在一〇〇篇中排名：九三
歷代評點次數：一〇　　在一〇〇篇中排名：六六
唱和次數：二六　　在一〇〇篇中排名：四
當代研究文章篇數：〇　　在一〇〇篇中排名：九二
網路連結文章篇數：八四七　　在一〇〇篇中排名：一〇〇

**綜合分值：二・九三**　　**總排名：七四**

燕忙鶯懶芳殘，正堤上、柳花飄墜。輕飛點畫青林，誰道全無才思①。閑趁游絲，靜臨深院，日長門閉。傍珠簾散漫，垂垂欲下，依前被、風扶起。

蘭帳玉人睡覺②，怪春衣、雪沾瓊綴。繡床漸滿，香球無數，才圓卻碎。時見蜂兒，仰黏輕粉，魚吹池水。望章台路杳，金鞍遊蕩③，有盈盈淚。

**【注釋】**

①「誰道」句：反用韓愈「楊花榆莢無才思，惟解漫天作雪飛」詩意。

②蘭帳：芳香典雅的幃帳。睡覺：睡醒。

③金鞍：金飾的馬鞍。此代指在外遊冶的蕩子。

## 解讀

章楶的這首〈水龍吟〉，有三項指標都相當落後。當代網路上，其連結次數不足一千，在宋詞百首名篇中排名最後。二十世紀的詞學研究項上，其更是交了白卷，排名也是最後。歷代選本選錄此詞也較少，古今一百零七個選本中，僅有二十八個選錄，列單榜第九十三位。

那麼，是什麼助推它登上宋詞百首名篇榜，並名列第七十四位的呢？首先，是歷代文人的效仿追和。這一項，其以驚人的二十六次唱和列單榜第四位，遠遠超過一大批膾炙人口的經典名篇。其次，是文人的評點。此詞歷代評點共有十次，列單榜第六十六位，也成績不俗。

或許我們可以說，章楶的這首〈水龍吟〉是跟著蘇軾的和作〈水龍吟〉（似花還似非花）而有名的。博得古今文人交口稱讚的蘇軾楊花詞，實際上是在為章楶的楊花詞長期做著免費廣告。因為，在人們評點蘇軾的楊花詞時，總不免要拿來一比高下。比較的結果也許並不重要，而實際效果是這首詞的聲名越傳越廣，文人的仿和興趣也越來越濃了。當然，歷代也有不少人認為章詞本來就寫得不錯。如清人許昂霄就評說：「（蘇軾）〈水龍吟〉與原作均是絕唱，不容妄為軒輊。」

望章台路杳，金鞍遊蕩，有盈盈淚。

宋詞排行榜

# 第75名

# 齊天樂

秋思

周邦彥

**【排行指標】**

歷代選本入選次數：一七　在一〇〇篇中排名：一〇〇

歷代評點次數：一五　在一〇〇篇中排名：三九

唱和次數：五　在一〇〇篇中排名：三七

當代研究文章篇數：一　在一〇〇篇中排名：八四

網路連結文章篇數：六五四〇　在一〇〇篇中排名：九五

**綜合分值：二．九三　總排名：七五**

綠蕪凋盡台城路①，殊鄉又逢秋晚。暮雨生寒，鳴蛩勸織②，深閣時聞裁剪。雲窗靜掩。歎重拂羅裀③，頓疏花簟。尚有綀囊，露螢清夜照書卷④。

荊江留滯最久⑤，故人相望處，離思何限。渭水西風，長安亂葉⑥，空憶詩情宛轉。憑高眺遠。正玉液新篘⑦，蟹螯初薦⑧。醉倒山翁⑨，但愁斜照斂。

【注釋】

①台城：六朝時禁城，在今江蘇南京。

②鳴蛩勸織：蛩，蟋蟀。古人以其叫聲「織織」相連，勸人機織。

③裀：褥子。

④「尚有」二句：東晉車胤家貧，夏月用綀囊盛數十螢火蟲照明讀書。綀，粗麻織物。

⑤荊江：長江中部從枝江到洞庭湖口一段的別稱，此指今湖北荊州一帶，詞人曾在此客居數年。

⑥「渭水」二句：化用賈島「秋風吹渭水，落葉滿長安」詩意。長安，此代指北宋都城汴京。

⑦篘：濾酒竹器，此指濾酒。

⑧蟹螯：此泛指螃蟹。薦：進獻。

⑨醉倒山翁：西晉山簡為荊州刺史，時出暢飲，酣醉而歸。

## 解讀

宋哲宗元祐二年（一〇八七），周邦彥被放外任。離開京城，他先後輾轉於廬州（今安徽合肥）、荊州（今屬湖北）、溧水（今屬江蘇）等地，過著遊宦漂泊的生活。據王國維《清真先生遺事》考證，這首〈齊天樂〉大概作於詞人四十歲左右在溧水任上時。多年的羈旅行役與宦海浮沉，使詞人不勝惆悵，面對異鄉的冷秋，他不禁愀然情動，寫下了這首「情景融會無間」的「悲秋絕調」。

這是一首讓歷代許多文士都為之心有戚戚焉的作品，正如陳廷焯所說：「只起二句，便覺黯然銷魂」，至其「沉鬱蒼涼」處，更是太白「西風殘照」之「嗣音」。同時，這又是一首技法高超的詞作，即如譚獻所評：「『綠蕪』句亦是以掃為生法。『荊江』句應『殊鄉』。『渭水』二句點化成句，開後來多少章法。『醉倒』句結束出奇，正是哀樂無端。」

正因為此，歷來關注這首詞的評點者不在少數。僅《唐宋詞彙評》所輯，歷代評點就有十五次，列單榜第三十九位。此詞的章法之妙也對後世創作產生了一定影響，共被唱和五次，列單榜第三十七位。正是歷代文人讀者的這種推重，才使其最終排在宋詞排行榜的第七十五位。

宋詞排行榜

# 第76名　瑣窗寒

周邦彥

**【排行指標】**

歷代選本入選次數：四〇　在一〇〇篇中排名：六四
歷代評點次數：一四　在一〇〇篇中排名：四六
唱和次數：五　在一〇〇篇中排名：三七
當代研究文章篇數：一　在一〇〇篇中排名：八四
網路連結文章篇數：一〇三七〇　在一〇〇篇中排名：八四
**綜合分值：二．九一**　**總排名：七六**

暗柳啼鴉，單衣佇立，小簾朱戶。桐花半畝，靜鎖一庭愁雨。灑空階、夜闌未休，故人剪燭西窗語①。似楚江暝宿，風燈零亂，少年羈旅。

遲暮。嬉遊處。正店舍無煙，禁城百五②。旗亭喚酒③，付與高陽儔侶④。想東園、桃李自春，小唇秀靨今在否⑤。到歸時、定有殘英，待客攜尊俎⑥。

**【注釋】**

①「故人」句：化用李商隱「何當共剪西窗燭，卻話巴山夜雨時」詩意。
②禁城：宮城，此泛指京城。百五：即寒食節。因在冬至後一百零五天，故名。
③旗亭：酒店，酒樓。
④高陽儔侶：指酒友。秦末酈食其自稱高陽酒徒。高陽，今河南杞縣高陽鎮。儔，同輩，同伴。
⑤小唇秀靨：指容貌秀美的女子。靨，酒窩。
⑥尊俎：古代盛酒食的器具。俎，盛肉的器具。

**解讀**

「獨在異鄉為異客，每逢佳節倍思親。」節日，最能觸動漂泊遊子的敏感神經，把他們平日埋藏在內心深處的鄉情喚起。千百年來，有多少人為功名事業離開自己的故鄉和親人，在每一個節日到來的時候獨自品嘗羈旅他鄉的滋味！〈瑣窗寒〉就是這樣一首抒寫節日鄉愁的作品。詞人用今昔對比、虛實結合的手法，將寒食時節對家鄉、故友、情人的思念，以及對年華暗逝的無限感慨抒寫得含蓄細膩、動人心弦。

看排行數據，這首詞在古代享有不小的聲譽。首先，在唱和與評點榜上，共有五首唱和詞和十四次文人評點，分別列單榜的第三十七和四十六位。僅此二項，就足以使其不至於湮沒在歷史的塵埃中。其次，明清兩代的詞選家對此詞也格外重視，分別以十九次和十四次的入選數，列同期入選榜的並列第三和第二位。

不過，二十世紀以來，這首詞卻在逐漸淡出人們的視線。一篇研究文章、六種入選選本，以及相對低迷的網路連結數，都在證明著其影響力的不斷下降。因而，從某種程度上來說，這又是一首有些失意的經典作品。

宋詞排行榜

# 第77名 風入松

吳文英

【排行指標】

歷代選本入選次數：三九
在一〇〇篇中排名：六七

歷代評點次數：一一
在一〇〇篇中排名：五八

唱和次數：〇
在一〇〇篇中排名：八四

當代研究文章篇數：六
在一〇〇篇中排名：五四

網路連結文章篇數：一五二六〇
在一〇〇篇中排名：七二

**綜合分值：二・九〇**
**總排名：七七**

聽風聽雨過清明。愁草瘞花銘①。樓前綠暗分攜路②，一絲柳、一寸柔情。料峭春寒中酒，交加曉夢啼鶯。

西園日日掃林亭。依舊賞新晴。黃蜂頻撲秋千索，有當時、纖手香凝。惆悵雙鴛不到③，幽階一夜苔生。

**【注釋】**

①草：草擬。瘞花銘：即葬花詞。瘞，掩埋。銘，一種文體，刻在器物或墓碑上，以示頌揚、哀悼或鑑戒之意。

②分攜：離別。

③雙鴛：成雙繡鞋，此借指女子。

## 解讀

吳文英的這首〈風入松〉，是宋詞名篇中的後起之秀。

宋元之際的著名詞評家張炎曾評吳文英詞說：「吳夢窗詞，如七寶樓台，眩人眼目，碎拆下來，不成片段。」自此以後，吳文英和他的詞在相當長時期內都受到了冷遇。這首〈風入松〉自然也不例外。從元中期到明代的數百年間，此詞一直沒沒無聞。統計資料中，從選本入選到文人評點與唱和項，元明兩代的相關紀錄都是〇。

但從清代開始，吳文英漸漸擁有了他的異代知音者。他不僅獲得了「詞家之有文英，亦如詩家之有李商隱」的美譽，其才思更被歎為「奇思壯采」，可以「騰天潛淵」，穿行於天地之間。隨之，這首悼念亡姬的詞作也獲得了越來越多的讚賞。陳匪石就贊其「情景交融」，是「詞中上乘」之作。統計資料也顯示，清代以後，這首詞在批評型讀者和大眾讀者中的影響都在大幅度上升。其在評點榜上能名列第五十八位，就全有賴於清代和現當代文人的十一次評點。選本入選榜上，此詞的入選數也由清之前的一次陡增至三十八次。進入二十世紀以後，又有六篇研究專文，列單榜第五十四位；網路上的連結數也達一．五萬餘次，列單榜第七十二位。

確實，這首詞從「黃蜂頻撲秋千索，有當時、纖手香凝」等名句以至整首作品，都是耐人尋味、動人心魂的。宋詞百首名篇中，理當有其一席之地。

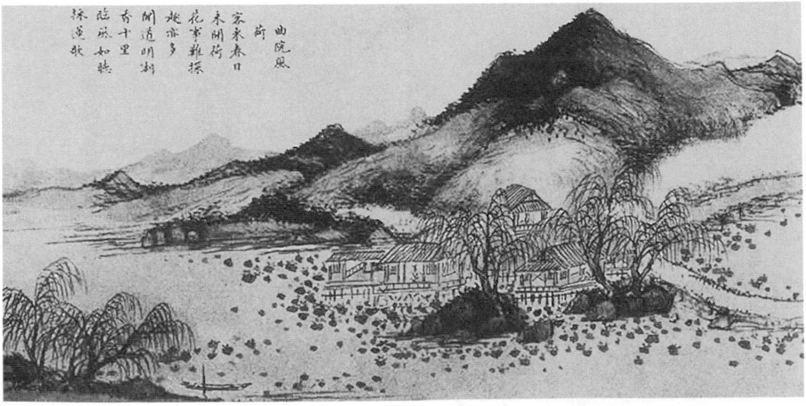

一絲柳、一寸柔情。

宋詞排行榜

# 第78名

# 高陽台

西湖春感

張炎

【排行指標】

歷代選本入選次數：三九　在一〇〇篇中排名：六七

歷代評點次數：二一　在一〇〇篇中排名：二一

唱和次數：〇　在一〇〇篇中排名：八四

當代研究文章篇數：二　在一〇〇篇中排名：七四

網路連結文章篇數：六八三〇　在一〇〇篇中排名：九四

**綜合分值：二・八六**　**總排名：七八**

宋詞排行榜

# 第79名

## 水調歌頭

送章德茂大卿使虜①

陳亮

**【排行指標】**

歷代選本入選次數：三一　在一〇〇篇中排名：八六

歷代評點次數：五　在一〇〇篇中排名：八七

唱和次數：〇　在一〇〇篇中排名：八四

當代研究文章篇數：一〇　在一〇〇篇中排名：三九

網路連結文章篇數：一二九五七〇　在一〇〇篇中排名：九

**綜合分值：二．八三**　**總排名：七九**

不見南師久②，漫說北群空③。當場隻手④，畢竟還我萬夫雄。自笑堂堂漢使，得似洋洋河水⑤，依舊只流東。且復穹廬拜⑥，會向藁街逢⑦。

堯之都，舜之壤，禹之封。於中應有，一個半個恥臣戎。萬里腥膻如許，千古英靈安在，磅礴幾時通⑧。胡運何須問，赫日自當中⑨。

【注釋】

①章德茂：即章森。大卿：宋代對中央各司正職長官的俗稱。
②南師：指南宋軍隊。
③漫：休，莫。北群空：典出韓愈「伯樂一過冀北之野，而馬群遂空」，此喻沒有人才。
④當場：交手，較量。隻手：一人。
⑤得似：怎似。洋洋：水盛大貌。
⑥穹廬：古代游牧民族居住的氈帳，此指金主的帳幕。
⑦會：必然，一定。藁街：漢時街名，為屬國使節館舍所在地。漢陳湯出使西域，計斬匈奴郅支單于，並上疏曰：「懸（郅支）頭藁街蠻夷邸間，以示萬里，明犯強漢者，雖遠必誅。」
⑧磅礴：此指袪除邪惡的浩然正大之氣。
⑨赫日：喻指南宋王朝。

## 解讀

陳亮平素作詞，每一首詞成，輒自歎曰：「平生經濟之懷略已陳矣！」這首〈水調歌頭・送

自笑堂堂漢使，得似洋洋河水，依舊只流東。

章德茂大卿使虜〉就是一首可窺其平生懷抱的作品。此詞作於宋孝宗淳熙十二年（一一八五）十二月，詞人借送友人使金之機，一吐長期鬱積於心中的悲憤，滿腔摯情瀉於紙上，千百年後讀之，仍可讓人想見其「好談天下大略，以氣節自居」的音容氣概。

但在古代，這首「忠憤之氣，隨筆湧出，並足喚醒當時聾聵」的佳作卻並未受到重視。排行指標中，四十七種古代選本只入選了兩種，評點五次，唱和〇次，成績相當不好。也許是此詞火一般的熱情在震撼讀者的同時，無法同時做到含蓄蘊藉、要眇宜修，因而不大符合文人雅士的審美趣尚吧。

但在沉寂了七百年之後，到了二十世紀，這首〈水調歌頭〉終於迎來了自己的春天。在研究型讀者那裡，共有十篇專文發表，列單榜第三十九位。選本入選榜上，此詞的入選率也大幅度攀升，共入選了二十九種現當代選本。當代網路上，其更是以近十三萬次的驚人連結數，榮列單榜的第九位！像這樣古今影響反差如此之大的作品，在宋詞百首名篇中，也是不多見的。

宋詞排行榜

# 第80名

# 朝中措

送劉仲原甫出守維揚①

歐陽修

**【排行指標】**

歷代選本入選次數：二六　在一〇〇篇中排名：九四

歷代評點次數：八　在一〇〇篇中排名：七九

唱和次數：一五　在一〇〇篇中排名：一一

當代研究文章篇數：二　在一〇〇篇中排名：七四

網路連結文章篇數：九八七〇　在一〇〇篇中排名：八六

**綜合分值：二·七八　總排名：八〇**

平山闌檻倚晴空②。山色有無中③。手種堂前垂柳，別來幾度春風。

文章太守④，揮毫萬字，一飲千鍾。行樂直須年少，尊前看取衰翁⑤。

【注釋】

①劉仲原甫：即劉敞，字原甫，作者好友。維揚：即今江蘇揚州。

②平山：即平山堂。歐陽修在揚州修築，後成為揚州名勝。

③「山色」句：語出王維詩「江流天地外，山色有無中」。

④文章太守：指劉敞。敞擅文名。

⑤衰翁：作者自謂。此詞作於宋仁宗至和三年（一〇五六），時歐陽修已年近五十。

## 解讀

宋仁宗慶曆八年（一〇四八），時任揚州太守的歐陽修在城西北的蜀崗峰上，修建了「據蜀岡，下臨江南，數百里真、潤、金陵三州，隱隱若可見」，「壯麗為淮南第一」的平山堂。嘉祐元年（一〇五六），歐陽修的至交好友劉敞也到揚州上任，已經離開揚州多年的歐陽修特意寫了這首〈朝中措〉相送。

這是一首頗有豪邁之氣的送別詞。「文章太守，揮毫萬字，一飲千鍾。行樂直須年少，尊前看取衰翁。」人生旅途，飛鴻雪泥，臨歧灑淚既是無益，那就笑對分別、痛飲美酒吧！這裡沒有纏綿，沒有哀怨，有的只是曠達的胸襟和湧動的激情。

也許因為這首風格特異的送別詞在宋詞中難得一見，古今三大類型的讀者，都對它給予了一定的關注。尤其在唱和榜上，從宋至清順康時期，可考的和詞達十五首之多，在唱和榜上排在了引人注目的第十一位。歷代文人評點和二十世紀研究文章兩項，也都排在了單榜的七十幾位，超過了此詞的總體排名。因此說，這首送別詞能躋身宋詞百首名篇之列，是實至名歸、理所當然的。

平山闌檻倚晴空。山色有無中。

宋詞排行榜

# 第81名 鷓鴣天

辛棄疾

【排行指標】

歷代選本入選次數：三一　在一〇〇篇中排名：八六
歷代評點次數：一一　在一〇〇篇中排名：五八
唱和次數：一六　在一〇〇篇中排名：一〇
當代研究文章篇數：〇　在一〇〇篇中排名：九二
網路連結文章篇數：一九七九〇　在一〇〇篇中排名：六八
**綜合分值：二・七七　總排名：八一**

鵝湖歸①，病起作。

枕簟溪堂冷欲秋。斷雲依水晚來收。紅蓮相倚渾如醉②，白鳥無言定自愁。

書咄咄③，且休休④。一丘一壑也風流。不知筋力衰多少，但覺新來懶上樓⑤。

【注釋】

①鵝湖：在今江西鉛山東北。作者閒居帶湖和瓢泉時，常來此遊賞。

②渾：簡直，完全。

③書咄咄：東晉殷浩因兵敗被廢為庶人，終日書空，作「咄咄怪事」四字。咄咄，嘆詞，表示驚詫或感歎。

④且休休：唐司空圖晚年屢次拒絕皇帝徵召，隱於中條山，作亭名曰「休休」，表示休隱之意。

⑤「不知」二句：化用劉禹錫「筋力上樓知」詩意。

## 解讀

辛棄疾本是一位叱吒風雲，連高宗皇帝都「一見三歎息」的真英雄。他平生志願是馳騁疆場、抗敵復國，卻在正值壯年之時被投閒散置，荒度歲月於山林隴畝之間。因此，這首充滿著英雄遲暮之感的〈鷓鴣天〉比一般歎老嗟衰的作品，更具震撼人心的力量。尤其是結末「不知筋力衰多少，但覺新來懶上樓」二句，更是把詞人長期鬱積在胸中的感傷和無奈，表達到了無以復加的地步。歷代十一次的文人評點，有七次都是討論此二句的深厚意味的，如陳廷焯就說其「信筆寫去，格調自蒼勁，意味自深厚。不必劍拔弩張，洞穿已過七札，斯為絕技」。評點榜上，它也排在了較為靠前的第五十八位。同時，這首詞也深得古代創作型讀者的喜愛，共被唱和過十六次，列單榜第十位。正是此二項成績，使此詞最終得以躋身宋詞百首名篇之列。

而到了現當代，情形則大為不同。除其在當代網路上以近兩萬次的連結數排名第六十八位，成績還差強人意外，其他各項排名都比較低。二十世紀的研究榜上，此詞寂寂無聞，一篇研究文章也沒有，似乎完全被忽略。選本入選榜上，它也沒有像辛棄疾的其他作品那樣在現當代受到越來越多的重視，反而是今不如昔，六十種選本僅入選了十一種。這幾項，使得這首詞的綜合經典指數大大下降，最終只排在宋詞排行榜的第八十一位。

枕簟溪堂冷欲秋。斷雲依水晚來收。

宋詞排行榜

# 第82名　唐多令

吳文英

【排行指標】

歷代選本入選次數：二六　在一〇〇篇中排名：九四

歷代評點次數：一二　在一〇〇篇中排名：五五

唱和次數：〇　在一〇〇篇中排名：八四

當代研究文章篇數：二　在一〇〇篇中排名：七四

網路連結文章篇數：五四四七　在一〇〇篇中排名：九七

**綜合分值：二・七六　總排名：八二**

何處合成愁。離人心上秋①。縱芭蕉、不雨也颼颼。都道晚涼天氣好，有明月、怕登樓。

年事夢中休②。花空煙水流。燕辭歸、客尚淹留③。垂柳不縈裙帶住，謾長是、繫行舟④。

【注釋】

①心上秋：三字合為「愁」字。
②年事：年歲。
③淹：滯，久。
④謾：徒，枉然。

**解讀**

這首〈唐多令〉在吳文英詞中可謂別具一格，連對吳文英詞頗有微詞的張炎也稱其「疏快」，不「質實」，並感歎這樣的詞在吳文英集中「惜不多耳」。但是，張炎的這番讚美之辭，卻招來了不少吳文英崇拜者的不滿。如清人陳洵就毫不客氣地說：「玉田（張炎字）不知夢窗，乃欲拈出此闋牽彼就我，無識者。」他甚至氣憤地把吳文英詞五六百年來湮沒無聞的原因全歸在張炎身上，說：「遂使四明（吳文英為浙江四明人）絕調，沉沒幾六百年，可歎！」反對將此詞看作吳文英代表作的意見另有不少，所謂「非夢窗平生傑構」、「非夢窗高處」者是也。

這種爭辯其實並沒有嚴格意義上的對與錯，不同的審美觀念自會有不同、甚至相反的價值評判。爭辯中，最大的獲益者自然是吳文英詞本身。因為，正是肇始於張炎評論而展開的爭論，使

何處合成愁。離人心上秋。

這首詞贏得了十二次的文人評點，列單項榜第五十五位，為其最終成為宋詞經典名篇起到了至關重要的作用。而反觀此詞的其他各項指標，〇次唱和、兩篇研究文章、二十六種入選選本、五千多次網路連結，成績和排名都比較靠後。

所以，這首詞能成為宋詞經典名篇之一，吳文英似乎還得感謝張炎呢。

宋詞排行榜

# 第83名　東風第一枝

詠春雪

史達祖

**【排行指標】**

歷代選本入選次數：二二　在一〇〇篇中排名：九八

歷代評點次數：一〇　在一〇〇篇中排名：六六

唱和次數：八　在一〇〇篇中排名：二四

當代研究文章篇數：〇　在一〇〇篇中排名：九二

網路連結文章篇數：一七一五〇　在一〇〇篇中排名：六九

**綜合分值：二・七五　總排名：八三**

巧沁蘭心，偷黏草甲①，東風欲障新暖。謾凝碧瓦難留，信知暮寒輕淺。行天入鏡②，做弄出、輕鬆纖軟。料故園、不捲重簾，誤了乍來雙燕。

青未了、柳回白眼③。紅欲斷、杏開素面。舊遊憶著山陰④，後盟遂妨上苑⑤。熏爐重熨，便放慢、春衫針線。恐鳳靴、挑菜歸來⑥，萬一灞橋相見⑦。

【注釋】

①甲：花草籽實的外殼。

②行天入鏡：化用韓愈「入鏡鸞窺沼，行天馬渡橋」詩意。

③柳回白眼：謂早春柳葉初生如眼，蒙雪變白。

④「舊遊」句：用東晉王徽之雪夜訪戴逵事。

⑤「後盟」句：西漢梁孝王雪中置酒兔園，詞客畢集，司馬相如後至。後，遲，晚。上苑，皇家園林。此指梁孝王園囿。

⑥挑菜：唐宋舊俗，農曆二月初二日，女子出郊拾菜，士民遊觀其間，謂之挑菜節。

⑦「萬一」句：唐鄭綮曾曰「詩思在灞橋風雪中驢子上」。此以灞橋典隱含風雪。灞橋，橋名，在今西安城東。

## 解讀

史達祖不愧是摹形狀物的高手。這首「詠春雪」詞與排名第二十五位的〈綺羅香〉「詠春雨」詞，可說有異曲同工之妙。詞中始終不見「雪」，而處處又不離雪，雪之情態、意趣、情思完全融於雪的景致和人事裡。詞中，詞人以細膩的筆觸描繪了雪中的蘭芽嫩草、杏花柳葉、湖面池沼、碧瓦橋畔及人物典事，景象千姿百態，層層皴染中，盡顯春雪之形神，實在令人讚歎。

這首技法高超、情韻十足的詞作，在古代文人群體中贏得了較高的聲譽。歷代文人唱和八次，排名第二十四位，顯示了其在古代創作型讀者中的獨特魅力。歷代文人評點十次，排名第六十六位，也見證了其在批評型讀者中的影響。這兩項成績，是此詞得以進入宋詞百首名篇的最主要的原因。但或許因為此詞用典比較晦澀，使它和古代大眾讀者及現當代讀者之間產生了一定隔膜，〇篇研究文章、二十一種入選選本、一萬七千餘次網路連結數，影響都比較小。最終，這首詞只排在了宋詞排行榜的第八十三位。

謾凝碧瓦難留，信知暮寒輕淺。

宋詞排行榜

# 第84名　采桑子

歐陽修

**【排行指標】**

歷代選本入選次數：三三　在一〇〇篇中排名：八四

歷代評點次數：七　在一〇〇篇中排名：八五

唱和次數：一　在一〇〇篇中排名：六六

當代研究文章篇數：六　在一〇〇篇中排名：五四

網路連結文章篇數：一四六八〇　在一〇〇篇中排名：七八

**綜合分值：二・七五　總排名：八四**

群芳過後西湖好①，狼藉殘紅②。飛絮濛濛。垂柳闌干盡日風。
笙歌散盡遊人去，始覺春空。垂下簾櫳③。雙燕歸來細雨中。

【注釋】
①西湖：此指潁州西湖，在今安徽阜陽城西。
②狼藉：散亂。
③簾櫳：窗簾與窗櫺，此泛指門窗的簾子。

**解讀**

歐陽修晚年致仕後住在潁州（今安徽阜陽）。潁州城西北二里處，有風景幽美、可與杭州西湖相媲美的另一「西湖」。歷經宦海浮沉與人世滄桑，潁州西湖秀美的風光讓詞人流連忘返，深深陶醉。他常常徜徉於其間，並把自己安閒自得的感受寫進了十首〈采桑子〉詞中。這些詞中，最為人們稱道的，就是這首「群芳過後西湖好」了。

此詞寫西湖繁華消歇後的靜美。這是一種不同於世俗的、絢爛至極而歸於平淡的美。這種美，似乎只有長期置身於政治旋渦之中、被紛紜複雜的政事纏繞得身心疲累的人，才能夠真正地體味到。在千年流傳過程中，這首詞一如詞中的淡雅之美，並不那麼絢麗耀眼，但也自有其欣賞者。雖然歷代評點只有七次，列單榜第八十五位，但這些評點者都可稱得上是其真正的知音。如陳廷焯就說：「始覺春空」四字，可使人「猛省」。俞陛雲也說：「此詞獨寫靜境，別有意味。」

綜觀各項指標，隨著時間的流逝，這首詞的影響呈明顯上升的趨勢。入選的三十二種古今選本中，二十三種是現當代的。二十世紀的研究榜上，它也以六篇研究專文列單榜第五十四位。而在古代的各項指標中，僅有唱和一項排名稍為靠前，但也僅有一首和詞，影響很小。所以，是現當代的讀者最終提升了這首詞的知名度，並使其名列宋詞排行榜的第八十四位。

群芳過後西湖好，狼藉殘紅。飛絮濛濛。

宋詞排行榜

# 第85名

# 一剪梅

舟過吳江①

蔣捷

**【排行指標】**

歷代選本入選次數：二五　在一〇〇篇中排名：九六

歷代評點次數：四　在一〇〇篇中排名：九四

唱和次數：〇　在一〇〇篇中排名：八四

當代研究文章篇數：一八　在一〇〇篇中排名：二一

網路連結文章篇數：一一三〇　在一〇〇篇中排名：八一

**綜合分值：二・七三　總排名：八五**

一片春愁待酒澆。江上舟搖。樓上簾招②。秋娘渡與泰娘橋③。風又飄飄。雨又蕭蕭。

何日歸家洗客袍。銀字笙調④。心字香燒⑤。流光容易把人拋。紅了櫻桃。綠了芭蕉。

【注釋】

①吳江：今江蘇吳江，西瀕太湖。一說指流經吳江境內的吳淞江。

②簾：舊時酒家茶館作店招的旗子。

③秋娘渡、泰娘橋：均為吳江地名。

④銀字笙：笙管上標有表示音調高低的銀字的笙。調：奏。

⑤心字香：製成心字形的盤香。

## 解讀

宋度宗咸淳十年（一二七四），蔣捷中進士。但僅過了兩年，南宋都城臨安就為蒙古鐵騎踏破。又三年後，陸秀夫背著小皇帝趙昺投海，南宋王朝最終滅亡。入元後，曾有人舉薦蔣捷出來做官，但他斷然拒絕了，一直隱居不仕，抱節終身。這首〈一剪梅．舟過吳江〉，寫的就是詞人國破家亡後四處漂泊、顛沛流離的遭遇與內心感受。

在歷史流傳過程中，這首詞二十世紀以前所受的關注非常少。選本入選項排名第九十六位，本來就很靠後，而二十五種入選選本中，古代僅有十種；古代評點也只有四次，列第九十四位；歷代唱和數更是為〇，排名最後，成績都不理想。

而二十世紀以來，這首亡國遺民的漂泊流浪之歌，終於得到了人們較為廣泛的認可。其在當代網路上的影響雖不很大，僅排名八十一位，但相對於古代的各項指標，已經提高了不少。尤其是研究文章一項，共有十八篇專文發表，排名第二十一位，大大提升了這首詞的影響，並最終使其躋身宋詞百首名篇之列。

流光容易把人拋。紅了櫻桃。綠了芭蕉。

宋詞排行榜

# 第86名　過秦樓

周邦彥

**【排行指標】**

歷代選本入選次數：三三　在一〇〇篇中排名：八一
歷代評點次數：一〇　在一〇〇篇中排名：六六
唱和次數：六　在一〇〇篇中排名：三三
當代研究文章篇數：一　在一〇〇篇中排名：八四
網路連結文章篇數：七四三〇　在一〇〇篇中排名：九二
**綜合分值：二・七〇　總排名：八六**

水浴清蟾①，葉喧涼吹，巷陌馬聲初斷。閒依露井，笑撲流螢，惹破畫羅輕扇②。人靜夜久憑闌。愁不歸眠，立殘更箭③。歎年華一瞬，人今千里，夢沉書遠。

空見說、鬢怯瓊梳，容銷金鏡，漸懶趁時勻染④。梅風地溽⑤，虹雨苔滋，一架舞紅都變⑥。誰信無聊為伊，才減江淹，情傷荀倩⑦。但明河影下，還看稀星數點。

**【注釋】**

①清蟾：代指明月。
②「笑撲」二句：化用杜牧「輕羅小扇撲流螢」詩意。
③更箭：即漏箭，古代計時器漏壺的部件。
④勻染：指化妝。
⑤梅風：梅雨季節颳的風。溽：濕。
⑥舞紅：指落花。
⑦情傷荀倩：荀倩，即荀粲，字奉倩，三國魏玄學家。重情，婦亡後鬱鬱而終。

## 解讀

周邦彥的這首〈過秦樓〉，是懷人念遠的名篇。

詞作的藝術構思十分精巧。抒情主人公的心理活動在過去與現在、想像與現實中往復跳蕩，歎離傷別之情在撫今追昔中層層展現，跌宕起伏，具有強烈的藝術感染力。明代李攀龍曾指出「不當以凡品目之」，清代的陳廷焯也認為其「婉約纖綿，淒豔絕世，滿紙是淚，而筆墨極盡飛舞之致」。

或許是因為用詞過於精緻，「清蟾」、「舞紅」一類詞語與大眾讀者距離較遠，不論是古今選本還是當代的網路傳播方面，這首詞的影響都比較低，均排名八十位之後。最終促使此詞登上宋詞排行榜第八十六位的，是評點和唱和兩項。歷代文人評點十次，列單榜第六十六位；文人唱和六次，排單榜第三十三位。可見在專業型讀者那裡，這首詞的影響還是比較大的。

宋詞排行榜

# 第87名

# 漢宮春　梅

晁冲之

【排行指標】

歷代選本入選次數：二九　在一〇〇篇中排名：九一

歷代評點次數：一四　在一〇〇篇中排名：四六

唱和次數：五　在一〇〇篇中排名：三七

當代研究文章篇數：〇　在一〇〇篇中排名：九二

網路連結文章篇數：一二五〇〇　在一〇〇篇中排名：七八

**綜合分值：二・六九　總排名：八七**

瀟灑江梅①，向竹梢稀處，橫兩三枝。東君也不愛惜②，雪壓風欺。無情燕子，怕春寒、輕失花期③。惟是有、南來歸雁，年年長見開時。

清淺小溪如練④，問玉堂何似⑤，茅舍疏籬。傷心故人去後，冷落新詩。微雲淡月，對孤芳、分付他誰。空自倚、清香未減，風流不在人知。

**【注釋】**

①江梅：一種野生梅花。

②東君：太陽神名。

③「無情」二句：燕子北歸時，梅花花時已過，故云。

④「清淺」句：化用謝朓「澄江靜如練」詩意。

⑤玉堂：指豪貴宅第。

**解讀**

這首〈漢宮春〉詞的著作權，歷來存有爭議。宋代有影響的幾個選本如《梅苑》、《樂府雅詞》、《花庵詞選》及《全芳備祖》等，都將它歸於李邴的名下，後代有不少人沿襲這個說法。而同樣具有權威性的《直齋書錄解題》、《苕溪漁隱叢話》等著作，則認為它是晁冲之的作品，同樣有不少人認可這個說法。但這種爭議似乎與此詞上榜的關係並不大，歷代評點中也僅有不多的幾次與作者問題有關。其上榜的真正理由，還是來自於它的內質。

北宋徽宗年間，詞壇上一片柔婉靡曼之聲，這首〈漢宮春〉卻能借梅喻志，以梅的孤高、雅逸喻人的品格、情懷，含蓄蘊藉，韻味悠長，讓人倍感清爽。因而這首詞在問世後的百餘年間，曾風行一時。劉壎《水雲村稿》卷四記載說，此詞與姜夔的〈暗香〉、〈疏影〉，及劉一止的〈夜行船〉（十頃疏梅開半就）一起，「並喧競麗者殆百十年」。陳振孫〈直齋書錄解題〉也說，晁冲之「壓卷〈漢宮春〉梅詞」行於世。統計資料也證實，這首詞在宋代的影響最為突出，唱和都集中在宋代，評點中宋代也有四次。

綜觀各項指標，這首詞的聲名在文士中響，在大眾中弱；在古代響，在現當代弱。排名靠前的是評點與唱和兩項。歷代評點共十四次，排單榜第四十六位，其中古代有十二次。古

空自倚、清香未減，風流不在人知。

代文人唱和五次，排單榜第三十七位。而在現當代，二十世紀的文章研究數為〇，現當代的六十種選本也僅入選了五種。只有當代網路連結排名第七十八位，成績稍好些。所以說，這又是一首由古代文人讀者造就的名篇。

宋詞排行榜

# 第88名　蝶戀花

周邦彥

**【排行指標】**

歷代選本入選次數：四八

歷代評點次數：八

唱和次數：三

當代研究文章篇數：五

網路連結文章篇數：七二三〇

**綜合分值：二·六九**

在一〇〇篇中排名：四一

在一〇〇篇中排名：七九

在一〇〇篇中排名：五五

在一〇〇篇中排名：五七

在一〇〇篇中排名：九三

**總排名：八八**

月皎驚烏棲不定。更漏將殘，轆轤牽金井①。喚起兩眸清炯炯。淚花落枕紅綿冷②。

執手霜風吹鬢影。去意徊徨③，別語愁難聽。樓上闌干橫斗柄④。露寒人遠雞相應⑤。

【注釋】

①轆轤：即轆轤，汲取井水的工具。

②紅綿：指以紅色絲綿做成的枕芯。

③徊徨：徘徊彷徨，心神不定。

④闌干：欄杆。一說，為橫斜貌。斗柄：北斗之柄。

⑤「露寒」句：化用溫庭筠「雞聲茅店月，人跡板橋霜」詩意。

## 解讀

這是一首淒婉動人的別情詞。短短六十字，就將別前、別時、別後情景寫得淒迷幽怨，如在目前。正如俞陛雲所說：「從將曉景物說起，而喚睡醒，而倚枕泣別，而臨風執手，而臨別依依，而行人遠去，次第寫出，情文相生，為自來錄別者稀有之作。」

選本是這首詞擴大其影響的最主要方式。歷代共有四十八種選本選錄此詞，排名第四十一位，有效地保證了其傳播效力。其中，明代入選率最高，二十二種選本中入選了十九種，成績顯著。同時，歷代評點八次，排名第七十九位；古代唱和三次，排名第五十五位；二十世紀有五篇研究文章發表，排名第五十七位，也都為這首詞知名度的擴大起到了一定作用。不過，從總體上來看，這首詞在歷代三大讀者群中的影響並不算突出，尤其在當代網路上的關注度非常低，連結數僅七千餘次，因而其宋詞排行榜排名也僅為第八十八位。

月皎驚烏棲不定

宋詞排行榜

# 第89名　望海潮

秦觀

**【排行指標】**

歷代選本入選次數：五二　在一〇〇篇中排名：三七

歷代評點次數：八　在一〇〇篇中排名：七九

唱和次數：三　在一〇〇篇中排名：五五

當代研究文章篇數：四　在一〇〇篇中排名：六〇

網路連結文章篇數：三〇〇〇〇　在一〇〇篇中排名：四九

**綜合分值：二·六五　總排名：八九**

梅英疏淡，冰澌溶泄①，東風暗換年華。金谷俊遊②，銅駝巷陌③，新晴細履平沙。長記誤隨車④。正絮翻蝶舞，芳思交加。柳下桃蹊⑤，亂分春色到人家。

西園夜飲鳴笳⑥。有華燈礙月，飛蓋妨花。蘭苑未空⑦，行人漸老⑧，重來是事堪嗟。煙暝酒旗斜。但倚樓極目，時見棲鴉。無奈歸心，暗隨流水到天涯。

【注釋】

①澌：河水解凍時流動的冰塊。溶泄：晃動貌。

②金谷：即西晉石崇所建金谷園，在洛陽城西，為文人雅集勝地。俊遊：快意的遊賞。

③銅駝巷陌：即銅駝街。在洛陽，為少年遊冶之地。

④誤隨車：語本韓愈詩：「只知閑信馬，不覺誤隨車。」

⑤桃蹊：桃樹下的小路。蹊，小路。

⑥西園：為北宋駙馬都尉王詵在汴京所建之園。蘇軾、秦觀等曾雅集於此。

⑦蘭苑：對園林的美稱，此指西園。

⑧行人：詞人自指。

## 解讀

宋哲宗紹聖元年（一〇九四）春，秦觀因新舊黨爭被貶。在即將離開京城的時候，他寫下這首著名的感今懷舊的〈望海潮〉詞。此詞或因佳句「柳下桃蹊，亂分春色到人家」被讚為「思路幽絕，其妙令人不可思議」，或因全詞手法高超被稱為「兩兩相形，以整見動」，「以頓宕之筆，為追憶之詞」，影響都不小。

也正因為此，這首詞贏得了歷代批評型和創作型讀者的肯定，也吸引了二十世紀部分研究型讀者的關注。排行榜上，歷代文人評點八次，排名第七十九位；歷代唱和三次，排名第五十五位；二十世紀研究文章四篇，排名第六十位，都是不錯的成績。在普通大眾讀者中，這首詞更具有不凡的魅力，共入選歷代選本五十二次，列入選榜第三十七位；當代網路相關連結也有三萬篇次，列第四十九位。不過，從總體上來看，這首詞的綜合實力還不夠突出，故最終排名也不免靠後些。

蘭苑未空，行人漸老，重來是事堪嗟。

宋詞排行榜

# 第90名　賀新郎

葉夢得

**【排行指標】**

歷代選本入選次數：三五
歷代評點次數：一五
唱和次數：四
當代研究文章篇數：〇
網路連結文章篇數：三二一五三〇
**綜合分值：二．六四**

在一〇〇篇中排名：七五
在一〇〇篇中排名：三九
在一〇〇篇中排名：四六
在一〇〇篇中排名：九二
在一〇〇篇中排名：四五
**總排名：九〇**

睡起啼鶯語。掩青苔、房櫳向晚，亂紅無數。吹盡殘花無人見，惟有垂楊自舞。漸暖靄、初回輕暑。寶扇重尋明月影①，暗塵侵、尚有乘鸞女②。驚舊恨，遽如許③。

江南夢斷橫江渚。浪黏天、葡萄漲綠④，半空煙雨。無限樓前滄波意，誰採花寄取。但悵望、蘭舟容與⑤。萬里雲帆何時到，送孤鴻、目斷千山阻。誰為我，唱〈金縷〉。

【注釋】

①明月：喻指團扇。語出漢樂府〈怨歌行〉：「裁為合歡扇，團團似明月。」

②乘鸞女：月中仙女。此指所戀歌妓。

③遽：竟。

④葡萄漲綠：形容江水漲湧，色如葡萄碧綠。化用李白「遙看漢水鴨頭綠，恰似葡萄初醱醅」詩意。

⑤容與：緩慢難行的樣子。

## 解讀

這首婉麗多情的〈賀新郎〉詞問世後，曾經「名震一時」，「雖游女亦知愛重」。因為詞中「誰為我，唱〈金縷〉」之句，〈賀新郎〉曲牌還獲得了〈金縷曲〉的別名。其影響力可見一斑。

統計資料也顯示，在古代、尤其是宋明兩代，這首詞確實在各類讀者中贏得了廣泛聲譽。評點榜上，歷代評點共有十五次，列單榜第三十九位。其中，有八次來自宋代，超過了一半。選本入選榜上，此詞名列第七十五位，三十五種入選選本中，明代占了十七種，接近一半。唱和榜上，此詞更是排到了第四十六位，從宋至清順康時期共被唱和過四次。這三項指標最終決定了這首詞的總體排名。

不過，從清代開始，這首詞的影響力在明顯下降。清代，二十一種選本僅入選了五種，評點僅三次，唱和〇次。現當代，六十種選本也只入選了十二種，研究文章為〇。雖然二十一世紀的網路連結數超過了三萬篇次，影響力有所回升，但還是無力挽回其綜合指數逐漸下降的趨勢，最終只排名第九十位。

吹盡殘花無人見，惟有垂楊自舞。

宋詞排行榜

# 第91名

# 漁家傲

李清照

【排行指標】

歷代選本入選次數：三三　在一〇〇篇中排名：八一

歷代評點次數：一　在一〇〇篇中排名：七九

唱和次數：一　在一〇〇篇中排名：六六

當代研究文章篇數：九　在一〇〇篇中排名：四四

網路連結文章篇數：二七八九〇　在一〇〇篇中排名：五四

**綜合分值：二・六二**　**總排名：九一**

天接雲濤連曉霧。星河欲轉千帆舞。彷彿夢魂歸帝所①。聞天語。殷勤問我歸何處。

我報路長嗟日暮。學詩謾有驚人句。九萬里風鵬正舉②。風休住。蓬舟吹取三山去③。

【注釋】

①帝所：天帝所居之所。

②「九萬里」句：典出《莊子・逍遙遊》：「鵬之徙於南冥也，水擊三千里，摶扶搖而上者九萬里。」舉，飛，飛起。

③蓬舟：輕如蓬草的小舟。三山：古時傳說，渤海上有蓬萊、方丈、瀛洲三座神山。

## 解讀

李清照詞中，這是一首「絕似蘇辛派，不類《漱玉集》中語」的特別作品。作為婉約正宗之一的李清照，她的這首頗具豪放風格的詞作在相當長時期內並不為人們所關注。排行指標中，歷代評點與唱和數均為一次；古代詞選也只選錄了四次，在奉婉約為正宗的明代，入選數更是為〇。毫無疑問，這些都極大地影響了此詞在古代讀者中的傳播。

所幸，進入二十世紀後，這首詞的傳播情形有了很大改觀。首先，與古代選家對此詞的漠視態度不同，現當代共有二十九種選本選錄此詞，超過百首宋詞此期平均入選數三次。其次，在當代網路上，其連結數也接近三萬篇次，排名第五十四位。再次，研究型的讀者們也貢獻了九篇文章，列單榜第四十四位，在各項指標中排名最為靠前。正是在現當代讀者的高度關注下，這首〈漁家傲〉昂首步入了宋詞百首名篇之列。

宋詞排行榜

# 第92名

# 解語花　元宵

周邦彥

**【排行指標】**

歷代選本入選次數：四〇　在一〇〇篇中排名：六四

歷代評點次數：一二　在一〇〇篇中排名：五五

唱和次數：三　在一〇〇篇中排名：五五

當代研究文章篇數：二　在一〇〇篇中排名：七四

網路連結文章篇數：八〇一〇　在一〇〇篇中排名：九〇

**綜合分值：二・五九　總排名：九二**

風銷焰蠟，露浥紅蓮①，花市光相射。桂華流瓦②。纖雲散、耿耿素娥欲下③。衣裳淡雅。看楚女、纖腰一把。簫鼓喧，人影參差，滿路飄香麝④。

因念都城放夜⑤。望千門如晝，嬉笑遊冶。鈿車羅帕。相逢處、自有暗塵隨馬。年光是也⑥。唯只見、舊情衰謝。清漏移⑦，飛蓋歸來，從舞休歌罷。

**【注釋】**

①浥：沾濕。紅蓮：指荷花燈。
②桂華：月光。
③耿耿：明亮貌。素娥：嫦娥別稱。
④香麝：指麝香一類香料的香氣。
⑤放夜：舊時都城有夜禁，禁止夜間通行。自唐代，正月十五日前後各一日弛禁，准許百姓夜行，稱為「放夜」。
⑥年光：光景，節日的氣氛。是：像，似。
⑦清漏移：指夜深。漏，即滴漏。

## 解讀

宋詞中，詠元宵的作品很多。但節序雖一，感觸卻異。如百首名篇中，歐陽修的〈生查子〉（去年元夜時）追念失落的愛情，李清照的〈永遇樂〉（落日熔金）抒寫國破家亡的愴痛，辛棄疾的〈青玉案〉（東風夜放花千樹）以元宵夜的熱鬧凸顯幽獨之人的別樣情懷，等等。周邦彥的這首〈解語花〉，則在宦所和京城元宵盛景的對比中，發抒自己的失意之情和抑鬱之氣。

此詞之所以能榮登宋詞百篇榜，主要得力於其在古代讀者中的影響。排行指標中，元明的二十二種選本全部入選；清代雖只入選了二十一種選本中的八種，但也超出了百首宋詞在此期的平均入選數。三次唱和與十二次評點，也都名列單榜的第五十五位。

相對而言，此詞在現當代的影響比較小。二十世紀的研究文章僅兩篇，當代網路的連結數僅八千餘次，現當代六十種選本只入選了十種。從中可以看出，此詞正在逐漸淡出人們的視線。究其原因，此詞用語求新、構思求奇，使其在大受古代讀者追捧的同時，也同時造成了其與現當代讀者之間的疏離。正如王國維所說：「詞忌用替代字。美成〈解語花〉之『桂華流瓦』，境界極妙，惜以『桂華』二字代月耳。」

宋詞排行榜

# 第93名

# 點絳唇

丁未冬過吳松作①

姜夔

【排行指標】

歷代選本入選次數：三六　在一〇〇篇中排名：七三

歷代評點次數：八　在一〇〇篇中排名：七九

唱和次數：〇　在一〇〇篇中排名：八四

當代研究文章篇數：四　在一〇〇篇中排名：六〇

網路連結文章篇數：一四六〇〇　在一〇〇篇中排名：七六

**綜合分值：二·五九　總排名：九三**

燕雁無心②，太湖西畔隨雲去。數峰清苦。商略黃昏雨③。

第四橋邊④，擬共天隨住⑤。今何許。憑闌懷古。殘柳參差舞。

【注釋】

①吳松：即吳淞江。一說指吳江，即今江蘇吳江市。

②燕雁：北來之雁。燕，周代諸侯國名，在今北京、河北一帶，此泛指北地。

③商略：商量，醞釀。

④第四橋：即甘泉橋，蘇州橋名。

⑤天隨：指晚唐詩人陸龜蒙。陸龜蒙自號天隨子，曾隱居吳江。

解讀

宋孝宗淳熙十四年（一一八七）春，姜夔由楊萬里介紹由湖州（今屬浙江）至蘇州訪范成大，後又多次往返蘇湖間。此年冬，姜夔經過晚唐詩人陸龜蒙曾經隱居的吳松時，寫下了這首〈點絳唇〉。詞作雖「只摹寫眼前景物」，卻有「感時傷世」的「無窮哀感」，「今讀者弔古傷今，不能自止」，因而被陳廷焯贊為詞中「絕調」。

看歷代評點榜，八次評點中有五次都是「弔古傷今」性的。除陳廷焯外，俞陛雲、陳匪石、唐圭璋等著名詞學家，都對此詞於景物摹寫中透出的灑落胸襟和滄桑之感表示了讚許。能夠在兩萬多首宋詞中脫穎而出，其所融涵的令讀者「不能自止」的「弔古傷今」之情，確是最主要的因素。

綜觀各項指標，這首詞在穿越歷史時空的過程中，生命力呈逐漸增強的趨勢。這和姜夔名篇中許多長調慢詞的傳播情形恰好相反。選本入選榜上，其在元明時沒沒無聞，只入選了二十二種選本中的一種。即便在姜夔詞紅遍大江南北的清代，它也只入選了二十一種選本中的五種。而在現當代，則有二十八種選本選錄此詞，超過其總入選數的三分之二。批評型讀者中，除現當代的幾位詞學大家都給予了充分肯定外，還有四篇研究論文發表，列單榜第六十位；當代網路上，其連結數也接近一．五萬篇次，列單榜第七十六位。所以，這首〈點絳唇〉最終能名列宋詞排行榜的第九十三位，功勞自然要首先記在現當代讀者身上。

數峰清苦。商略黃昏雨。

宋詞排行榜

# 第94名

# 水龍吟

春恨

陳亮

【排行指標】

歷代選本入選次數：三九

歷代評點次數：一〇

唱和次數：一

當代研究文章篇數：〇

網路連結文章篇數：二三八六〇

**綜合分值：二・五七**

在一〇〇篇中排名：六七

在一〇〇篇中排名：六六

在一〇〇篇中排名：六六

在一〇〇篇中排名：九二

在一〇〇篇中排名：六一

**總排名：九四**

鬧花深處層樓①，畫簾半捲東風軟。春歸翠陌，平莎茸嫩②，垂楊金淺。遲日催花③，淡雲閣雨④，輕寒輕暖。恨芳菲世界，遊人未賞，都付與、鶯和燕。

寂寞憑高念遠。向南樓、一聲歸雁。金釵鬥草⑤，青絲勒馬，風流雲散。羅綬分香⑥，翠綃封淚⑦，幾多幽怨。正銷魂，又是疏煙淡月，子規聲斷。

---

【注釋】

①鬧花：指花開繁盛，用宋祁「紅杏枝頭春意鬧」句意。

②平莎：平整的草。莎，草名。茸：草初生時纖細柔軟的樣子。

③遲日：指春日。《詩經・七月》有「春日遲遲」詩句。

④淡雲閣雨：雲淡雨止。閣，同「擱」，停止。

⑤鬥草：即鬥百草，古代一種遊戲。

⑥羅綬分香：指分別。羅綬，羅帶。

⑦翠綃封淚：唐時名妓灼灼與裴質相好，裴召還，灼灼以軟綃聚紅淚為寄。綃，生絲織成的綢子，此指絲巾。

## 解讀

陳亮和辛棄疾一樣，是以氣節自負、功業自許的豪傑之士。他的詞，也多是慷慨豪放、激烈勁直之作，而這首〈水龍吟〉卻風格大為不同。此詞究竟是俠骨熱腸之人為多情孤獨的伊人所作的代言詞，還是假閨怨之情抒寫英雄志士的憤懣與懷抱，讀者各有不同的理解。

遊弋於寄託與離情之間的詞旨，引起了不少詞評家的注意。有人認為這是一首風格婉約的本色詞，抒寫的是離情。明末毛晉就認為陳亮詞「不作一妖語、媚語」，但讀到這首詞後又馬上改口說：「偶閱《中興詞選》，得〈水龍吟〉以後七闋，亦未能超然。」而清人黃蘇則認為此詞「策言恢復之事，甚剴切」，劉熙載甚至認為其「言近旨遠，直有宗留守大呼渡河之意」。歷代文人的十次評點，基本上都是圍繞著這一問題展開的。

看排行指標，文人評點、選本入選、唱和與當代網路等項的排名相對均衡，都排在六十幾位。可見，這首詞不論對創作型讀者、批評型讀者，還是對一般的大眾讀者，都有一定的影響，但影響又不是很大。而二十世紀的〇篇研究文章，又在一定程度上削弱了這首詞的綜合實力，所以其最終排名僅為宋詞排行榜的第九十四位。

宋詞排行榜

# 第95名　摸魚兒

東皋寓居①

晁補之

【排行指標】

歷代選本入選次數：四五　在一〇〇篇中排名：五三

歷代評點次數：八　在一〇〇篇中排名：七九

唱和次數：一　在一〇〇篇中排名：六六

當代研究文章篇數：〇　在一〇〇篇中排名：九二

網路連結文章篇數：一四六二　在一〇〇篇中排名：九九

**綜合分值：二・五五　總排名：九五**

買陂塘、旋栽楊柳，依稀淮岸江浦。東皋嘉雨新痕漲，沙嘴鷺來鷗聚。堪愛處，最好是、一川夜月光流渚。無人獨舞。任翠幄張天②，柔茵藉地③，酒盡未能去。

青綾被，莫憶金閨故步④。儒冠曾把身誤⑤。弓刀千騎成何事，荒了邵平瓜圃⑥。君試覷。滿青鏡、星星鬢影今如許。功名浪語。便似得班超，封侯萬里，歸計恐遲暮⑦。

【注釋】

①東皋寓居：晁補之罷歸金鄉時在東皋建歸去來園。東皋，水邊的向陽高地。皋，水邊高地。

②翠幄：綠色帳幕。此指楊柳。

③柔茵：柔軟的墊子，此指草地。藉：襯，墊。

④「青綾被」二句：謂不要留戀自己以前在汴京的官場生活。青綾被，漢制，尚書郎值夜時，官供新縑青綾被或錦被。金閨，即金馬門，漢宮門名，此代指朝廷。

⑤「儒冠」句：化用杜甫「儒冠多誤身」詩意。

⑥邵平瓜圃：西漢邵平為故秦東陵侯。秦破，種瓜於長安城東。

⑦「便似得」三句：東漢班少有大志，投筆從戎，後出使西域，功封定遠侯。在西域三十餘年，七十一歲才回到京都洛陽，不久即逝。

## 解讀

這首〈摸魚兒〉約作於宋徽宗崇寧二年（一一〇三）。這一年，徽宗起用新黨，元祐黨人再度遭受打擊。屬於元祐黨人的晁補之自然也遭到貶謫，回到故鄉山東濟州金鄉，在東山「葺歸來園」，「自號歸來子，忘情仕進」，過起潛隱的生活。這首詞，就是年過半百的詞人在歸隱東山後寫的。

也許，古代很多文士都曾有「歸去來」的情結，因而這首「清迥拔俗」的詞作在古代文人讀者那裡頗有影響。如南宋著名詞學家、「性樂閑退」的胡仔就非常喜歡這首詞，平時常「擊節」以歌之。歷代文人的八次評點，也多是肯定性的。同時，此詞也是古代文士喜愛

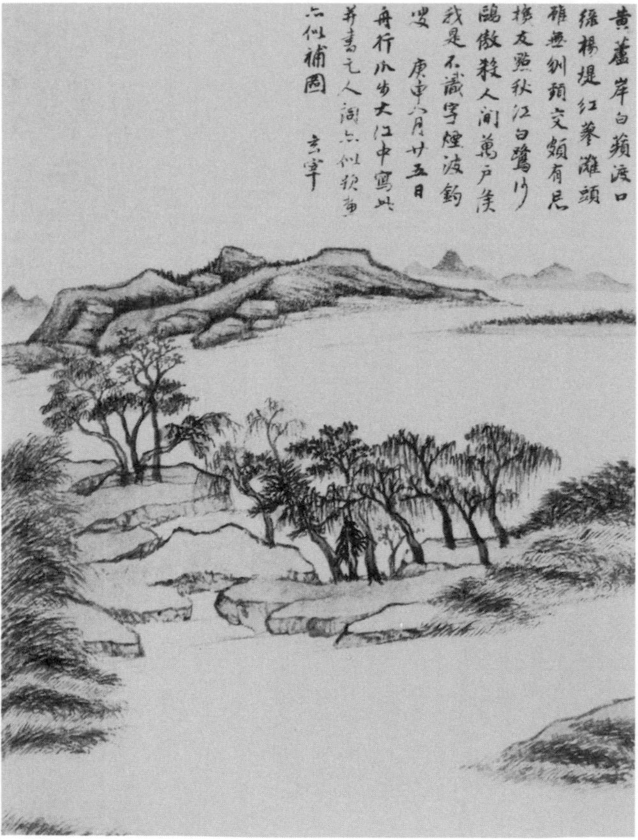


買陂塘、旋栽楊柳，依稀淮岸江浦。

仿和的作品之一。雖然我們統計到的歷代唱和僅有一次，但據《詞徵》卷一所說：「晁無咎〈摸魚兒〉、蘇子瞻〈酹江月〉、姜堯章〈暗香〉〈疏影〉，此數詞和韻最多。」可知這首詞的和作一定不在少數。選本入選榜上，此詞共入選了四十五種選本，其中三十三種是古代選本。所以，在古代，這首詞確實是名副其實的經典名篇。

但進入二十世紀後，這首詞的影響力卻在明顯下降。六十種現當代選本僅入選了十二種，研究文章為〇篇，當代網路連結數也僅一千餘次。這無疑大大降低了此詞的綜合實力，並使其最終僅排在宋詞排行榜的第九十五位。

宋詞排行榜

# 第96名　解連環

周邦彥

**【排行指標】**

歷代選本入選次數：三八
歷代評點次數：一一
唱和次數：五
當代研究文章篇數：一
網路連結文章篇數：一一六八〇
**綜合分值：二・五二**

在一〇〇篇中排名：七一
在一〇〇篇中排名：五八
在一〇〇篇中排名：三七
在一〇〇篇中排名：八四
在一〇〇篇中排名：八〇
**總排名：九六**

怨懷無託。嗟情人斷絕，信音遼邈。縱妙手、能解連環①，似風散雨收，霧輕雲薄。燕子樓空②，暗塵鎖、一床弦索③。想移根換葉。盡是舊時，手種紅藥。

汀洲漸生杜若④。料舟依岸曲，人在天角。謾記得、當日音書，把閒語閒言，待總燒卻。水驛春回，望寄我、江南梅萼⑤。拚今生、對花對酒，為伊淚落。

【注釋】

①解連環：戰國時秦王曾送給齊君王后玉連環，以試其智，君王后椎破之，以之為解。
②燕子樓空：謂佳人已去。唐張建封有愛妓關盼盼，張死後，盼盼念舊愛而不嫁，居張氏舊樓十餘年。此反用其典。
③弦索：樂器上的弦。此泛指樂器。
④杜若：香草名。
⑤「望寄我」句：用南北朝時陸凱寄贈范曄梅花故事。

**解讀**

相思離別詞中，這首〈解連環〉很是特別。首先，其題材新穎，以男性主人公為被棄對象。其次，藝術上也別具一格。周邦彥的長調慢詞，向來以精巧工麗、含蓄典雅著稱，而此詞卻在工巧的同時又直抒胸臆，特別是「怨懷無託」與「為伊淚落」二句，一開頭，一結尾，真情流露，坦率質樸。

或許因為這首詞不能代表周邦彥慢詞的主體特色，所以其受關注的程度比周邦彥的其他名篇都要低。各項指標中，除了影響力不很廣泛的唱和項排名第三十七位，名次較為靠前外，其他各項排名均比較靠後。因而其總體名次也只排在第九十六位。

但又不可否認，這首詞能從周邦彥一百八十餘首詞中脫穎而出，也正因為這種非主流的別樣風格。選本入選榜上，雖然其入選總數不高，但在元明時期，二十二種選本中竟有十九種選錄，成績驚人。率真之語抒率真之情，正迎合了此期市民文化蓬勃發展的時代心理，其流傳之廣是自然而然的。對詞作傳播起重要引導作用的文人評點，對此詞的這一特點也頗為稱譽。如針對結末數句，況周頤《蕙風詞話》就評價說：「『拚今生，對花對酒，為伊淚落』，此等語愈樸愈厚，愈厚愈雅，至真之情由性靈肺腑中流出，不妨說盡，而愈無盡。」確是切中肯綮。

燕子樓空，暗塵鎖、一床弦索。

宋詞排行榜

# 第97名　八聲甘州

張炎

**【排行指標】**

歷代選本入選次數：三一　在一〇〇篇中排名：八六

歷代評點次數：一一　在一〇〇篇中排名：五八

唱和次數：一　在一〇〇篇中排名：六六

當代研究文章篇數：二　在一〇〇篇中排名：七四

網路連結文章篇數：八九五九〇　在一〇〇篇中排名：一九

**綜合分值：二·五〇　總排名：九七**

宋詞排行榜

# 第98名

# 解連環

孤雁

張炎

【排行指標】

歷代選本入選次數：三七
歷代評點次數：一三
唱和次數：一
當代研究文章篇數：三
網路連結文章篇數：四六一六〇
**綜合分值：二·四九**

在一〇〇篇中排名：七二
在一〇〇篇中排名：五〇
在一〇〇篇中排名：六六
在一〇〇篇中排名：七〇
在一〇〇篇中排名：三四
**總排名：九八**

楚江空晚。悵離群萬里，怳然驚散①。自顧影、欲下寒塘②，正沙淨草枯，水平天遠。寫不成書③，只寄得、相思一點。料因循誤了④，殘氈擁雪⑤，故人心眼⑥。

誰憐旅愁荏苒。謾長門夜悄⑦，錦箏彈怨⑧。想伴侶、猶宿蘆花，也曾念春前，去程應轉。暮雨相呼⑨，怕驀地、玉關重見。未羞他、雙燕歸來，畫簾半捲。

【注釋】

①怳然：惆悵失意貌。

②欲下寒塘：化用唐崔塗〈孤雁〉「寒塘獨下遲」詩意。

③寫不成書：謂孤雁在空中排不出「一」字或「人」字形。

④因循：拖延。

⑤殘氈擁雪：西漢蘇武被匈奴單於置大窖中，絕飲食。天雨雪，武臥齧雪與旃毛並嚥之。

⑥心眼：謂心的思念與眼的盼望。

⑦長門夜悄：化用杜牧〈早雁〉「仙掌月明孤影過，長門燈暗數聲來」詩意。

⑧錦箏彈怨：化用唐錢起〈歸雁〉「二十五弦彈夜月，不勝清怨卻飛來」詩意。

⑨暮雨相呼：語本唐崔塗〈孤雁〉詩：「暮雨相呼失。」

## 解讀

這首〈解連環〉是宋詞中詠孤雁的名篇。詞中不僅把孤雁形象刻畫得栩栩如生，而且遺貌取神，以雁喻人，人、雁合一，一隻淒然飄零的孤雁形象與一位飽受辛酸但又不甘屈服的遺民形象相融相合，渾化無痕。作者張炎也因此獲得了「張孤雁」的雅號。

這首孤雁詞保持了張炎填詞的一貫特色——巧妙用典、鑄語新警、婉曲蘊藉，因而博得了不少批評型讀者的肯定。特別是「寫不成書，只寄得、相思一點」的描寫，巧用「鴻雁傳書」典故，化成精妙動人的詞句，歷來深受讚賞。歷代十三次評點中，很多都是評賞此句的。而評點項第五十位的排名，也對這首詞成為經典名篇起到了至關重要的作用。再加上二十世紀以來，隨著愛國詩詞地位的提升，這首詞的入選率也大幅提高，入選了三十種現當代選本，超出古代七次入選總數的三倍。同時，這只「孤雁」在網路上也備受關注，連結數達到四．六萬餘次，列單榜第三十四位。最終，這首詞成功晉身宋詞百首名篇榜，名列第九十八位。

宋詞排行榜

# 第99名 江城子

## 密州出獵①

蘇軾

**【排行指標】**

歷代選本入選次數：四二　在一〇〇篇中排名：五八

歷代評點次數：一　在一〇〇篇中排名：九七

唱和次數：〇　在一〇〇篇中排名：八四

當代研究文章篇數：一一　在一〇〇篇中排名：三六

網路連結文章篇數：四三二〇〇　在一〇〇篇中排名：三七

**綜合分值：二·四九　總排名：九九**

老夫聊發少年狂。左牽黃。右擎蒼。錦帽貂裘，千騎卷平岡。為報傾城隨太守②，親射虎，看孫郎③。
酒酣胸膽尚開張。鬢微霜。又何妨。持節雲中，何日遣馮唐④。會挽雕弓如滿月，西北望，射天狼⑤。

【注釋】
①密州：今山東諸城。
②太守：作者時任密州知州。
③「親射虎」兩句：三國時孫權曾親乘馬射虎於庱亭。孫郎，孫權，此為作者自指。
④「持節雲中」二句：魏尚為西漢雲中太守，抗擊匈奴戰功卓著，因小過被削職。馮唐進諫，文帝即令馮唐持節赦魏尚，復以為雲中守。雲中，漢郡名，治所在今內蒙古托克托。
⑤天狼：星名，古人以為其主侵掠。這裡喻指屢犯北宋西北邊境的西夏。

解讀

宋神宗熙寧八年（一〇七五），時任密州知州的蘇軾在給友人信中，興奮地談到了自己新近填詞的情況，說：「近卻頗作小詞，雖無柳七郎風味，亦自是一家。呵呵！數日前，獵於郊外，所獲頗多。作得一闋，令東州壯士抵掌頓足而歌之，吹笛

擊鼓以為節，頗壯觀也。」此「作得」的「一闋」，就是這首豪情四溢的〈江城子・密州出獵〉詞。此詞記錄詞人一次打獵的盛況，是其「一洗綺羅香澤之態」、「亦自是一家」的豪放詞的第一次成功展示。

但讓人意想不到的是，作者頗為自得的這首出獵詞，古代賞之者卻少之又少。在從宋至清的漫長歷史長河中，我們統計的範圍所及，僅有一次評點和三種選本入選，影響甚微。直到二十世紀，這首詞才抖落了身上的歷史塵埃，真正煥發出生命的光彩。選本入選榜上，共有三十九種現當代選本選錄此詞，超過百首名篇同期平均入選數十二次。同時，二十世紀的研究者們也貢獻了十一篇研究專文，列單榜第三十六位。當代網路上，其也有四萬餘次連結數，列單榜第三十七位。

在現當代各類讀者的全面推動下，這首詞終於成為宋詞中又一後起的經典名篇。

老夫聊發少年狂。左牽黃。右擎蒼。

宋詞排行榜

# 第100名 六州歌頭

張孝祥

**【排行指標】**

歷代選本入選次數：四八　在一〇〇篇中排名：四一

歷代評點次數：九　在一〇〇篇中排名：九三

唱和次數：一　在一〇〇篇中排名：六六

當代研究文章篇數：二　在一〇〇篇中排名：七四

網路連結文章篇數：一一〇四〇　在一〇〇篇中排名：八二

**綜合分值：二·四九　總排名：一〇〇**

長淮望斷，關塞莽然平①。征塵暗，霜風勁，悄邊聲。黯銷凝。追想當年事②，殆天數，非人力，洙泗上③，弦歌地，亦羶腥。隔水氈鄉，落日牛羊下，區脫縱橫④。看名王宵獵⑤，騎火一川明。笳鼓悲鳴。遣人驚。

念腰間箭，匣中劍，空埃蠹，竟何成。時易失，心徒壯，歲將零。渺神京⑥。干羽方懷遠⑦，靜烽燧，且休兵。冠蓋使⑧，紛馳騖⑨，若為情。聞道中原遺老，常南望、翠葆霓旌⑩。使行人到此，忠憤氣填膺。有淚如傾。

【注釋】

①莽然：草木茂盛貌。
②當年事：指靖康之難。
③洙泗：洙水和泗水，孔子曾講學於洙泗之間，後遂成為禮樂文明之地的代稱。
④區脫：此指金人在宋金邊界修築的土堡哨所。
⑤名王：這裡指泛金兵將領。
⑥神京：指北宋故都汴京。
⑦「干羽」句：用禮樂文化來安撫遠方。虞舜「誕敷文德，舞干羽於兩階」，七十天後，作亂的有苗即前來歸順。此處諷刺南宋朝廷向金屈辱求和。干羽，木盾和雉尾，古時舞者所持道具。懷遠，安撫邊遠的人。
⑧冠蓋使：指前去向金求和的南宋使節。
⑨馳騖：縱橫奔馳。
⑩翠葆：帝王儀仗的一種，以翠羽聯綴於竿頭，形若蓋。葆，車蓋。霓旌：綴有五色羽毛的旗幟，亦為一種帝王儀仗。

解讀

宋高宗紹興十一年（一一四一），「紹興和議」成，宋金東段邊境以淮水為界。宋高宗紹興三十一年（一一六一）十一月，金主完顏亮毀棄盟約，率六十萬軍大舉南下，很快突破了南宋的淮河防線。一時間，朝野上下震動，宋高宗曾一度打算逃往海上，以避金軍鋒芒。所幸此時被朝廷派往前線犒軍的虞允文率水師在采石磯（在安徽馬鞍山西南長江東岸）大敗金軍，完顏亮後又被部將所殺，才化解了這場危局。采石磯大捷讓許多愛國志士歡欣鼓舞，張孝祥就曾寫下〈辛巳冬聞德音〉詩和〈水調歌頭・聞采石戰勝〉詞，高歌這次來之不易的勝利。但此次大捷後，南宋朝廷仍以和議為計，坐失了乘勝收復失地的大好時機。這年年底，張孝祥到建康留守張浚府上作客，席間寫下了這首悲憤萬端、聲情激越的〈六州歌頭〉。據說，此詞成後，即歌於席上。歌罷，張浚深為觸動，「罷席而入」。

其實，這首流傳千古的愛國名篇又何止令南宋愛國志士感憤不已？數百年後的陳廷焯在談到自己讀此詞的感受時也說：「張孝祥〈六州歌頭〉一闋，淋漓痛快，筆飽墨酣，讀之令人起舞。」正是這種動人心魄的藝術魅力，使得此詞成為了宋詞中的經典名篇。

看統計資料，此詞共有歷代評點九次，列單榜第七十三位。評點次數雖不多，但卻讚譽頗高，影響甚大。二十世紀以來，豪放的愛國詩詞越來越受到重視，這首詞也大受現當代選家的青睞，一共入選了三十九種現當代選本，超過百首名篇同期平均入選數十二次，顯示出強大的生命力。雖然此詞在其他項上影響不夠，但古代評點家的極度讚賞和現當代選家的大力推介，終使其成為百首名篇的收官之作。

百篇宋詞排行榜中，高蹈沉厚的「大江東去」詞開其首，痛快淋漓的〈六州歌頭〉收其尾。兩首豪放名作，兩位天才詞人，不知這是一種純粹的巧合，還是一種耐人尋味的歷史選擇？

# 作者小傳

**蘇軾**（一〇三六—一一〇一）

字子瞻，一字和仲，號東坡居士，眉州眉山（今四川眉山）人。二十一歲中進士，考官歐陽修閱卷後曰：「吾當避此人出一頭地。」蘇軾入仕後遭逢黨爭，他既反對新黨之激進，也反對舊黨之保守，故兩黨均不見容。因反對王安石變法，遂自請外放任官。四十三歲因烏台詩案入獄瀕死，翌年貶黃州，築室東坡。五年後，哲宗即位，蘇軾回朝，官至禮部尚書。五十七歲時又被章惇貶至惠州、瓊州（海南島），六年後北返，隔年病卒於常州。在文學藝術史上，蘇軾是罕見的全才，散文與歐陽修並稱歐蘇；詩與黃庭堅並稱蘇黃；詞與辛棄疾並稱蘇辛；書法名列北宋四大家「蘇、黃、米、蔡」；繪畫則開創湖州畫派。蘇軾填詞風格豪放，展現詞文學抒情言志述懷的潛力，不再只是音樂的附庸。代表作有〈念奴嬌．赤壁懷古〉、〈水調歌頭．懷子由〉、〈臨江仙．夜歸臨皋〉、〈江城子．夜記夢〉。

**岳飛**（一一〇三—一一四一）
字鵬舉，相州湯陰（今河南安陽）人，南宋名將。岳飛力主抗金，為宋朝抵禦異族侵略，屢次立下戰功，歷少保、河南北諸路招討使，進樞密副史，封武昌郡開國公。後來因為不附和宋金和議，為宋高宗猜忌、秦檜讒害，最終入獄處死。宋孝宗賜謚武穆，追封為鄂王。世稱「岳武穆」、岳王。代表作有〈滿江紅〉。

**李清照**（一〇八四—一一五五）
號易安居士，章丘明水（今山東濟南）人。出身於士大夫名門，少女時期即名噪一時，以詞著名，兼工詩文。十八歲與太學生趙明誠結婚，感情融洽。靖康之變後，隨朝廷倉皇流寓江南，兩年後趙明誠驟然病故。後來李清照至杭州改嫁張汝州，婚姻並不幸福，數月後便離異；晚景淒涼，孤苦寂寞。早期詞風清雅脫俗、不食人間煙火，即便詠離情相思，也不作沉痛語；晚期作品流露身世之悲、家國之嘆，基調轉為悽愴沉鬱。代表作有〈一剪梅〉、〈聲聲慢〉、〈武陵春〉。另著有〈詞論〉七百字，是第一篇較完整的「詞」文學理論。

**柳永**（九八七—一〇五三）
本名三變，字景莊；後改名永，字耆卿。福建崇安（今福建武夷山）人。出身於官宦世家，弱冠之年遠赴汴京求取功名，屢試不第，困居京華。失意之餘，遂混跡市井坊曲、秦樓楚館，與歌伎樂工為友。年近半百才獲賜進士出身，授睦州團練使推官，官至屯田員外郎，不久獲罪貶為平民，再度混跡於市井樓館。柳永精通音律，既為歌伎樂工填詞，也能自度新聲、另譜曲調，供歌伎演唱，可說是文學史上首位專業詞人，也是第一個大量創製慢詞長調者。題材不必俚俗，既寫傳統的離情相思，也吟詠都市風情、市井生活，流露人間情味。代表作有〈雨霖鈴〉、〈定風波〉。

**辛棄疾**（一一四〇—一二〇七）

字幼安，號稼軒，濟南歷城（今山東濟南）人。少時在金朝統治下長大，但自幼受祖父辛贊影響，立志恢復中原。二十歲後投身抗金事業，兩年後率領近萬人的隊伍投奔南宋，頓時成為朝野推崇的抗金英雄。可惜南宋朝廷但求偏安，主和派占上風，以致辛棄疾英雄失路，一腔孤忠無處宣洩，只好倚聲填詞、慷慨悲歌，寄託壯志未酬的憤慨。其詞內容廣泛、風格多樣，既寫豪情壯志、閒情逸致，也寫兒女柔情、仕隱進退，甚至議論事理。影響較深遠者，還是繼承蘇軾開創的豪放詞風。代表作有〈破陣子．為陳同甫賦壯詞寄之〉、〈永遇樂．京口北固亭懷古〉、〈青玉案．元夕〉。

**姜夔**（一一五五—一二二一）

字堯章，號白石道人，饒州鄱陽（今江西鄱陽）人。精通音律，曾向朝廷進《大樂議》、《琴瑟考古圖》，評論當時樂器、樂曲、歌詩。朝中小人妒忌其能，所議未盡獲採納。不久又上《聖宋鐃歌鼓吹曲》十二章，詔免解，與試禮部；仍舊未第，於是布衣終生。姜夔以清客雅士身分飄蕩江湖，為人高

**秦觀**（一〇四九—一一〇〇）

字少游，一字太虛，揚州高郵人。元祐年間，蘇軾把他舉薦給朝廷，任職祕書省正字、兼國史院編修官。紹聖初年，秦觀捲入新舊黨爭，因為受到元祐黨人牽連，屢遭貶謫，流離顛簸。放還之後，卒於藤州。秦觀與張耒、晁補之、黃庭堅並稱「蘇門四學士」。其詞風是婉約詞派的正宗，既繼承柳永，多寫慢詞；同時還受到蘇東坡以詞言志述懷的影響，在傳統離情相思題材中，雜糅個人的身世之感、羈旅愁腸。代表作有〈滿庭芳〉、〈踏莎行・郴州旅舍〉、〈鵲橋仙〉。

**范仲淹**（九八九—一〇五二）

字希文，蘇州吳縣（今江蘇蘇州）人。自幼喪父，母親改嫁朱氏。范仲淹知道自己身世後，辭母至睢陽應天府書院，刻苦勤學，斷虀畫粥。中進士後復姓范，並迎回母親贍養。仁宗景祐年間，與韓琦共同擔任陝西經略安撫招討副史，協助平定西夏叛亂。當地傳唱：「軍中有一范，西賊聞之驚破膽。」後升任樞密副使、參知政事（副宰相）等職，民間稱他為「小范老子，胸中自有數萬甲兵」。同年與富弼、韓琦等人主持慶曆新政，改革時弊。後來遭貶為地方官。晚年設立義莊，贍養族中貧寒者。范仲淹文、詞均擅，詞風蒼涼豪放、感情強烈，代表作有〈漁家傲〉、〈蘇幕遮〉。

**張先**（九九〇—一〇七八）

字子野，湖州烏程（今湖州吳興）人。一生富貴風流，善戲謔。曾結交晏殊、歐陽修、王安石、宋祁、蘇軾等人。工詩，但以詞聞名，與柳永齊名。其詞含蓄凝練、意象繁富，在兩宋婉約詞的發展歷程中，影響深遠，是小令過渡到慢詞長調的功臣。有名句云：「嬌柔懶起，簾壓捲花影」；「柳徑無人，墜飛絮無影」；「雲破月來花弄影」，人稱「張三影」。代表作有〈天仙子〉。

**歐陽修**（一〇〇七—一〇七二）

字永叔，號醉翁、六一居士，盧陵（今江西吉安）人。家貧，四歲喪父，勤學聰穎，母親鄭氏畫荻教子。曾任館閣校勘，因為直言論事，遭貶夷陵。慶曆中，任職諫官，因為支持范仲淹改革，又被貶饒州。累官至翰林學士、樞密副使、參知政事。晚年隱居潁州。歐陽修兼擅詩、詞、散文，是宋代古文運動大將。詞風則深婉、疏雋。代表作有〈踏莎行〉、〈采桑子〉。

**王安石**（一〇二一—一〇四二）

字介甫，號半山，世稱王荊公，撫州臨川人。少年時期就喜好讀書，過目不忘，下筆成章。曾向宋仁宗上萬言書，針砭時弊。宋神宗即位後久慕其名，任命王安石為參知政事，推行熙寧變法；後來升任宰相（中書門下平章事）。然而變法因操之過急、不得人和、用人不善，以致王安石最終罷相，退居江寧。王安石為人特立獨行，後世毀譽參半。兼擅詩文，散文名列唐宋八大家。代表詞作有〈桂枝香〉。

**晏殊**（九九一—一〇五五）

字同叔，撫州臨川（今屬南昌進賢縣）人。七歲就能寫文章，十四歲以神童之名召試於朝廷，賜同進士出身。一生仕途得意，累官至同中書門下平章事、兼樞密使。性格剛簡，自奉清儉，能薦拔人才，諸如范仲淹、歐陽修都出於他的門下。兼擅詩詞、散文。其詞作大致繼承南唐詞的遺風，特別是受馮延巳的影響頗深。詞風贍麗閑雅、蘊藉和婉，流露富貴安樂的台閣氣息，是北宋前期婉約派代表詞家。代表作有〈浣溪沙〉、〈踏莎行〉。

**張孝祥**（一一三二—一一六九）

字安國，號於湖居士，簡州（今屬四川）人，生於明州（今寧波）鄞縣，為唐代詩人張籍的後裔。曾因忤逆秦檜而下獄。孝宗時，任職中書舍人直學士院。後來因為附合張浚北伐，事敗被革職。不久任職荊南湖北路安撫使，頗有政績。張孝祥才思敏捷，詞風豪放爽朗。他仰慕蘇軾，每次作詩文必定問門人「跟東坡比起來如何？」代表作有〈念奴嬌．過洞庭〉、〈六州歌頭〉。

**陳與義**（一〇九〇—一一三）

字去非，號簡齋。原本是四川人，後來徙居河南葉縣。曾因吟詠墨梅而受徽宗賞識。任職開德府教授，之後擢升為太學博士、著作佐郎。宋室南渡後，他避亂襄漢。高宗喜愛他的「客子光陰詩卷裡，杏花消息雨聲中」詩句，召他任職兵部員外郎，後來累官至資政殿學士知湖州。陳與義擅寫詩詞，以詩名列「江西詩派三宗」，詞作則有〈臨江仙．夜登小閣憶洛中舊遊〉。

**晏幾道**（一〇三一—一一〇六？）

字叔原，號小山，撫州臨川（今屬南昌進賢縣）人。是宋初名臣晏殊的幼子，兩人常並稱「大晏、小晏」。然而晏殊位居台閣，晏幾道則只做過一些小官，如開封府判官、潁昌府許田鎮監、乾寧軍通判等。晏幾道擅寫文章，特別是詞。前期作品多富貴風流之作；後期作品多沉鬱悲涼之調。代表作有〈鷓鴣天〉、〈臨江仙〉。

**張元幹**（一〇九一—一一七一）

字仲宗，福建永福（今福建永泰）人，自號蘆川居士、真隱山人。曾為太學生。曾任李綱行營屬官，官至將作少監。四十一歲時因為不願與權奸同朝，辭官南歸。紹興年間，因曾作詞贈予主戰派的胡銓，得罪秦檜而削官。晚年寓居福州。秦檜死後，張元幹又來到臨安，羈寓西湖。其詞以婉麗之作較多，但就詞史發展意義而言，其激昂慷慨之作更為重要，可算是豪放詞風在兩宋之際的承前　後者。代表作如〈賀新郎．送胡邦衡待制〉。

**劉過**（一一五四—一二〇六）

字改之，號龍洲道人，吉州太和（今江西泰和）人。為人重義氣，喜歡談論兵事，力主抗金北伐。屢次上書，力陳恢復方略，但他的建言石沉大海，於是放浪湖海之間。與岳飛之孫岳珂友好，也與當時的抗金英雄辛棄疾時相唱和，兩人詞風相近。劉熙載評其詞「狂逸中自饒俊致」。代表作有〈唐多令〉等。

**宋祁**（九九八—一〇六一）

字子京，安州安陸（今屬湖北）人，徙居開封雍丘（今河南杞縣）。與其兄宋庠詩文齊名，人稱「大宋、小宋」。少年時家道中落。與哥哥宋庠同時中進士，宋祁原為第一；當時輔政的章獻太后以為「弟不可先於兄」，改將宋庠列名第一，宋祁第十。召試，授直史館，後累官至知制誥、工部尚書、翰林學士承旨。曾修《新唐書・列傳》。其詞作多抒寫個人情懷，還未脫離晚唐五代的豔麗詞風。但其構思新穎、流麗生動，一些佳句膾炙人口。如其代表作〈玉樓春〉，有「紅杏枝頭春意鬧」句，人稱「紅杏尚書」。

**章楶**（一〇二七—一一〇二）

字質夫，建州浦城（今屬福建）人。因為叔父章得象之蔭，任將作監主簿，又調孟州司戶參軍。與蘇軾為好友。曾任環慶路經略使，在洪德城之役指揮得勝。之後授涇原路經略使、兼知渭州，於葫蘆河川（今清水河）的石門峽江口築平夏城，又在好水河之陰築靈平砦，以抵抗西夏侵擾。代表作有〈水龍吟〉。

**吳文英**（一二〇〇—一二六〇）

字君特，號夢窗，晚號覺翁，四明（今浙江寧波鄞縣）人。本姓翁，後來過繼給吳姓而改姓。終生未仕，早年居住於蘇州，後來到杭州，以詞客遊士身分來往於權貴間。歷來論者大多質疑吳文英人品，因為他交好的人既有賢相吳潛，也有奸臣譬如賈似道。其實吳文英只是個政治意識並不強烈、周旋於名流間寄討生活的「詞客」而已。他的詞風承繼了周邦彥、姜夔的婉約、纖細傳統，但更為濃密深曲，更專注於辭藻雕琢、意境營造；且好用冷僻典故，顯得思緒飄忽、旨意朦朧。代表作有〈風入松〉、〈齊天樂．與馮深居登禹陵〉。

**張炎**（一二四八—一三二〇）

字叔夏，號玉田，晚號樂笑翁。祖籍陝西鳳翔，生於臨安。是南宋大將張俊的六世孫，詞人張樞之子。出身於富貴書香世家，宋亡後家道中落，晚年漂泊落拓。張炎詞風與姜夔接近，劉熙載《藝概》評其詞「清遠蘊藉，悽愴纏綿」。詞之音律、形式、風格及表現手法，到張炎而變化已窮。代表作有〈高陽台．西湖春感〉。張炎另一重要的貢獻，在於創作了最早的詞論專著《詞源》，總結了兩宋詞人之長短得失，提倡「詞欲雅而正」、「清空騷雅」，因此推崇姜夔而貶抑吳文英；對後世詞論影響頗大。

**陳亮**（一一四三—一一九四）

字同甫，號龍川先生，婺州永康（今浙江金華永康）人。為人才氣超邁，喜好談論兵事，論議風生，援筆成章。陳亮終身出仕，卻兩次因事下獄，幸好獲友人援救。力主抗金，曾上中興五論、上孝宗三書，都未受重視，憤而還鄉。五十多歲終於狀元及第，還來不及任官就驟然長逝。陳亮與愛國詞人辛棄疾志同道合，時相唱和。辛棄疾曾將陳亮比作陶淵明，推崇備至。辛棄疾「以文為詞」；陳亮則「以詞為文」，豪邁雄健。代表作有〈浪淘沙．梅〉、〈水龍吟〉。

**蔣捷**（一二四五—一三一〇）

字勝欲，號竹山，陽羨（今江蘇宜興）人。因為詞作〈一剪梅〉的名句「紅了櫻桃，綠了芭蕉」，人稱「櫻桃進士」。蔣捷生逢宋末元初，蒙古人入侵江南時，南宋覆亡後，顛沛流離；元朝多次召他為官，但他不肯出仕。晚年定居太湖竹山。詞風多承蘇軾、辛棄疾豪放一路，題材多是故國之思。與周密、王沂孫、張炎並稱「宋末四大詞家」。代表作有〈一剪梅〉、〈虞美人〉。

**晁冲之**（生卒年不詳）

字叔用，一字用道，鉅野（今山東鉅野）人。堂兄晁補之、晁說之、晁禎之都以文學雅擅一時；兒子是南宋著名藏書家晁公武。晁冲之才華橫溢，早年曾受業於江西詩派的陳師道，與呂本中交善。少時生活豪奢，名歌妓李師師有來往，互贈詩詞。後來因為黨爭激烈，隱居陽翟（今河南禹縣）具茨山，人稱具茨先生。以詩擅名，為江西詩派詩人。代表詞作則有〈臨江仙〉。

**葉夢得**（一〇七七—一一四八）

字少蘊，自號石林居士，原籍蘇州吳縣（今屬江蘇）人，居烏程（今浙江吳興）。早年師事晁補之、張耒。累官中書舍人、翰林學士，以龍圖閣直學士、帥杭州。宋室南渡後曾任尚書右丞。與宰相朱勝非等意見不合，罷歸湖州。後來任江東安撫使。在各地任官，政績良好。葉夢得早年風格婉麗，中年學蘇軾，南渡後多感懷時事之作。代表作有〈賀新郎〉。

**晁補之**（一〇五三—一一一〇）

字無咎，號歸來子，濟州巨野（今屬山東）人。十七歲著《七述》記錢塘風物；時任杭州通判的蘇軾讀罷，盛贊他「於文無所不能，博辯俊偉，絕人遠甚，將必顯於世」。元祐初年，擢升著作郎；後來通判揚州，適逢蘇軾知揚州，兩人相互唱和。紹聖初因為修《神宗實錄》失實而貶亳州。後來因黨爭屢遭貶謫。晁補之出身在文學世家，工於書畫詩詞，擅寫文章。其文風、為人，都受蘇軾影響深遠。與張耒、黃庭堅、秦觀並稱「蘇門四學士」。代表詞作有〈摸魚兒〉。

# 一本就通：必讀宋詞100大

2022年5月二版　　定價：新臺幣350元


| | |
|---|---|
| 著者 | 王兆鵬 |
| | 郁玉英 |
| | 郭紅欣 |
| 叢書主編 | 沙淑芬 |
| 校對 | 吳美滿 |
| 封面設計 | 沈佳德 |

| | |
|---|---|
| 出版者 | 聯經出版事業股份有限公司 |
| 地址 | 新北市汐止區大同路一段369號1樓 |
| 叢書主編電話 | (02)87876242轉5310 |
| 台北聯經書房 | 台北市新生南路三段94號 |
| 電話 | (02)23620308 |
| 台中辦事處電話 | (04)22312023 |
| 台中電子信箱 | e-mail:linking2@ms42.hinet.net |
| 郵政劃撥帳戶 | 第0100559-3號 |
| 郵撥電話 | (02)23620308 |
| 印刷者 | 世和印製企業有限公司 |
| 總經銷 | 聯合發行股份有限公司 |
| 發行所 | 新北市新店區寶橋路235巷6弄6號 |
| 電話 | (02)29178022 |

| | |
|---|---|
| 副總編輯 | 陳逸華 |
| 總編輯 | 涂豐恩 |
| 總經理 | 陳芝宇 |
| 社長 | 羅國俊 |
| 發行人 | 林載爵 |

行政院新聞局出版事業登記證局版臺業字第0130號

本書如有缺頁，破損，倒裝請寄回台北聯經書房更換。　ISBN 978-957-08-6357-4 (平裝)
聯經網址 http://www.linkingbooks.com.tw
電子信箱 e-mail:linking@udngroup.com

本書中文繁體字版由中華書局授權出版

國家圖書館出版品預行編目資料

一本就通：必讀宋詞100大 / 王兆鵬等著．二版．
新北市．聯經．2022.05．392面．14.8×21公分
ISBN 978-957-08-6357-4（平裝）
[2022年5月二版]

833.5 111007342